一个都不会放过

Yige Dou Buhui Fangguo

尖叫的羊驼——著

江苏凤凰文艺出版社
JIANGSU PHOENIX LITERATURE AND ART PUBLISHING

图书在版编目（CIP）数据
一个都不会放过 / 尖叫的羊驼著. -- 南京 : 江苏凤凰文艺出版社, 2025. 1. -- ISBN 978-7-5594-9137-4
Ⅰ. I247.5
中国国家版本馆CIP数据核字第2024T13S36号

一个都不会放过

尖叫的羊驼 著

责任编辑　周颖若

策划编辑　曹福双

封面设计　DOLPHIN Book design 海豚 QQ:592439371

出版发行　江苏凤凰文艺出版社

南京市中央路 165 号，邮编：210009

网　　址　http://www.jswenyi.com

印　　刷　三河市嘉科万达彩色印刷有限公司

开　　本　880mm × 1230mm 1/32

印　　张　9

字　　数　192千字

版　　次　2025年1月第1版

印　　次　2025年1月第1次印刷

书　　号　ISBN 978-7-5594-9137-4

定　　价　49.80元

目录

楔子

东野圭吾：『世上有两样东西不可直视，一是太阳，二是人心。』

黑暗潮湿的仓库中，他静静地躺在一堆垃圾上。

野狗将他的尸体啃食得不成样子，流出的血已经干涸；大大小小的虫子在他的脸上爬来爬去，白色的衬衫上面沾满了污泥和血渍。

一张褶皱的纸在他手下压着，露出的“遗书”二字，在斑驳的血迹中显得格外刺眼。

第一章　一张小小的纸条

不是自杀，而是他杀。

2019年6月18日，高考后的第九天，宋执失踪了。

两天后，一个流浪汉在一间废弃的仓库里发现了他的尸体。

他的脸因为高温腐败变得很难看，一双绝望而恐惧的眼睛努力睁开着，仿佛在透过这个世界看着什么。

警察闻讯赶来，准备提取仓库的痕迹，但现场已经被野狗破坏，尸体上到处都是被啃咬的痕迹，有用的线索微乎其微。

法医通过肺组织的病理学检查发现，尸体细支气管壁有嗜酸性细胞浸润、黏膜基底膜增厚和平滑肌细胞增生，并伴随小叶中央型肺气肿。他们得出初步结论——宋执可能是因哮喘病猝死。

警方验了遗书的真伪，确定上面的字迹出于宋执之手。结合法医给出的结论，警方判定他是为了自杀来到郊外的仓库，因哮喘发作导致死亡。宋执没有随身携带哮喘药物，尸体周边也没有发现更多的线索，警方根据目前的线索，最终以自杀草草结案。

警方通知了宋执的父母，他们很快便赶到了警局。

看到儿子残破不堪的身体，母亲李秋华扑倒在尸体面前，发出尖厉的号叫，而父亲宋安则在一旁掩面痛哭。

2019年6月23日清晨，许秋雨下了飞机，匆忙赶到灵堂。

一路上他的脑中循环播放着前一天母亲楚媛在电话中与自己的对话。

“秋雨，宋执他……死了。”楚媛哽咽道。

许秋雨以为自己在做梦，他狠掐了一下自己的胳膊，可胳膊上传来的真切的痛感，明明白白地告诉他自己是清醒的。紧接着他又以为自己接到了诈骗电话，可电话那头确确实实是楚媛的声音，他听了十九年，不可能出错。

许秋雨愣愣问道：“怎么死的？”

“自杀。”

听到这两个字，许秋雨头皮一麻，仿佛有什么东西轰然炸开，震得他脑袋生疼。

楚媛接着道：“明天宋执就要被火化了，他是你最好的朋友，我想无论如何都要告诉你……”

他几乎是没有思考就买了机票，回到国内。他只知道，他一定要见到宋执。

许秋雨赶到灵堂时，里面已经在进行遗体告别仪式了。他看着灵堂里挂着的那张少年的黑白遗照，照片上的宋执笑得明媚而阳光。

灵堂的中心摆着一副棺材，棺材板打开了一半，但棺材太深了，站在灵堂门口的许秋雨怎么也看不到宋执的模样。

棺材一旁，宋执的母亲李秋华手扶着棺材，跪倒在地，哭得不能自已。

其他人都沉默地看着棺材，安静地哀悼。

许秋雨感觉自己的双腿很重，仿佛被人用手紧紧地抓着一般，怎么也走不动。

他艰难地穿过静默的人群，走到棺材旁，却只看到棺材里躺着一个残破的身躯——少年的面目已经不再完整，虽然做了修补，但依旧像一个破损的玩偶一般。

他怔怔地注视着宋执，一瞬间，宋执的面目似乎变得模糊起来。

许秋雨没有察觉到脸上流淌着的眼泪，他的声音微微颤抖，不可置信地问道："这是宋执吗？"

宋执的父亲宋安听到了许秋雨的声音，他猛地抬起头来，望向许秋雨，眼神从愕然转为愤怒，他发疯似的大喊起来："许秋雨！是你！一定是你带坏了宋执！他才会自杀！他明明从小就那么懂事，成绩也好，就是跟你玩之后成绩才开始下降的！你倒好，跑到国外后还把西方的享乐思想传输给他，让他无心学习。都是你蛊惑了他！你怎么这么恶毒啊！"

宋安站起身来，冲向许秋雨，用力抓住他的肩膀，双眼通红，愤怒地大喊："你把我的儿子还给我！把他还给我！"

许秋雨却没有在意宋安的指责和暴力行为。眼泪不断地从他的脸上流淌而下，他麻木地问道：“那真的是宋执吗？”许秋雨不相信，自己的好兄弟就这样没了。

宋安没有回答许秋雨的话，他涨红了脸，将许秋雨推出灵堂：“你滚！我永远都不想再看到你！你不配见宋执，更不配送他最后一程！”

许秋雨被推出了灵堂，踉踉跄跄地走了一步，还差点被一个戴着鸭舌帽的人撞倒。他稳定了一下情绪，并没有走远，站在门口看着宋执的棺材被一点一点地盖上，抬出了灵堂。

他仿佛失了力般，缓缓跪了下来。

明明半个月前他还在和自己谈论高考，怎么会自杀？

明明高考前他还问自己什么时候回来，怎么可能自杀？

他明明说好了要考政法大学，当律师，为什么要自杀？

许秋雨的肩膀不断抽动着，眼泪像断了线的珠子般落下：“宋执……”无法遏制的情绪在此刻倾泻而出，他感觉自己的喉咙被什么扼住了一般，只能发出咯咯的粗粝声响。

为什么他没有发现宋执想自杀？明明他在短信里多次提到好累、如果死了就好了，为什么自己只把那些当成是他压力大的吐槽？为什么没有在那时候好好安慰他？

为什么……

许秋雨眼前的世界仿佛被撕成了无数碎片，宋执的面容在上面明明暗暗，又渐渐支离散落——

午休时他趴在桌上睡着了，口水都流到了课桌上。

放学的路上，他骑着单车，迎着夕阳，少年的笑灿烂似阳光，仿佛能冲破一切枷锁，抵达最明亮的未来。

生日时，他闭眼许愿，灯光照在他的睫毛上，在他的脸上打下浅浅的阴影。他睁开眼就被别人抹了一脸的蛋糕，惊讶的表情在下一刻又变成了绚烂的笑容。

……

不知道过了多久，许秋雨麻痹的双腿开始刺痛，等到一点知觉都没有时，不远处突然传来了礼炮的声音。

他逐渐缓过神来，忽觉胃部一阵翻搅，不住地干呕起来。

远远地，他看到宋安捧着骨灰盒，李秋华抱着宋执的遗像，走出了火葬场。

看着那个四四方方的盒子，许秋雨才意识到宋执已经变成了一捧灰烬，他停在那里，可自己这辈子都见不到他了。

他下意识地跟了上去，骑着共享电动车，远远地跟在宋安身后，直到宋执的骨灰被埋入陵园，他才离开，回到家中。

母亲楚媛看着一脸憔悴的儿子，想要安慰却不知道怎么开口，哽在喉咙里的话语在半晌后才变成一句普通的问候："回来了？"

许秋雨只是简单地应了一声，他颓然地走进房间，把门反锁，躲进了衣柜，蜷缩在角落里。

木板隔绝了阳光，只有浅浅的光从缝隙中透过。

狭小的空间给了许秋雨安全感，他的思绪渐渐放空，好像有一根麻绳在脑袋里拧了好久，此刻终于慢慢舒展开来。

身体一阵接一阵地发冷，额头却一直在出汗。

他下意识地攥紧衣角，却发现右边的口袋里似是多出来了什么东西。他将右手插进外套口袋里摸了摸，手被什么尖利的东西划了一下，他攥住那个东西，拿了出来，是一张被折起的纸条。

他打开纸条，缕缕微光下，他看到上面是用文字贴纸拼成的一句话——他不是自杀，是他杀。

是谁？是谁把纸条放进来的？

许秋雨的双手控制不住地颤抖起来，几乎是瞬间，他打开衣柜，起身冲出房间，往宋执家奔去。

行人仿佛被按下加速键般，在他的身边迅速掠过。他听不清周围人的声音，甚至在过马路时差点被车擦到，也没有任何反应。

他脑海里只余下一个念头：快点，再快点。

他加速奔跑着，不知道跑了多久，直到喉咙传来充血的干痛，他才缓缓停下，发现自己浑身冒着冷汗，已经跑不动了。

他这才想起他家离宋执家很远。

他连忙拦了一辆车，不到半小时就到了西城区。

他下了车，踉跄着穿过人群，跑入一个破旧的筒子楼里，穿过已行过千百遍的漆黑楼道，来到了宋执家门前。

大门是打开的，他看到狭小的房间里摆着三张桌子，桌旁坐着一群中年人，他们正在打麻将，发出乒乒乓乓的声响。

宋安坐在阳台上，抽着烟看着远处。

许秋雨也不管自己的行为是否礼貌，他径直走到阳台，对宋安道："叔叔，宋执不是自杀。"

宋安回头看了许秋雨一眼，似是累了，语气不再如早晨时那般凶狠，却依旧带着厌恶和反感："许秋雨，你能不能不要闹了！"

许秋雨抬高了声音："我没有闹！"

他把纸条递给宋安，宋安看了上面的字后，愤怒道："你这个小孩能不能不要添乱了！"

许秋雨一愣，似是没有料到宋安会是这样的反应。

宋安站起身，神情悲痛，咬牙痛苦道："你害了我的儿子，现在还要在我们的伤口上撒盐吗？"纸条从他的手中滑落，掉在了地上。

许秋雨哽咽道："这张纸条上写得清清楚楚，为什么您不相信？"

宋安绝望地看向许秋雨，大吼道："因为他有抑郁症！他几次想死都被我拦了下来，他说过他不会好好高考，考完他就要去死！"

"我不信！"许秋雨拿出手机，激动道，"高考前一周他就跟我说了，他要考政法大学，当律师，他说过他会好好高考的！"

许秋雨打开查询高考成绩的网站，在微信消息里找到宋执的考号，输入进去。

很快，宋执的高考成绩就出现在了手机屏幕上——

语文：135

数学：140

英语：145

文综：220

总成绩：640

许秋雨把成绩给宋安看："叔叔，宋执的成绩很好，他是好好考试了，您看！"

宋安看着眼前的成绩，双手不自觉地颤抖起来。眼泪蒙上眼眶，他痛苦地抱着头，缓缓蹲在地上，猛锤自己的头，低吼道："为什么……为什么我没有救回你？"

让宋执上大学似乎成了宋安心里的执念，也成了他评判宋执唯一的标准，更成了父爱的砝码。

"宋执为什么会得抑郁症？"许秋雨从来没有想过宋执会得这个病，两年前他出国留学时，宋执还是一个阳光温暖的人，怎么可能得抑郁症？

宋安哭红了眼："一年前诊断出来的，我以为他就是学习压力大，因为我管得太严了，他不高兴。"

宋安的脊背此时看上去异常佝偻，他好像一下子苍老了许多："都是我的错，是我教育的失败！"

他坐到了地上，把手握成拳头："他以前就割过腕，但都被我及时阻止了，没有造成大的伤害。如果不是因为我的气话，这一次他也不会死！"

他仍然记得自己最后一次与宋执的争吵。

在狭小的屋子里，宋执坐在饭桌旁，沉默地扒着饭。

宋安敲了敲桌子："你是不是死了？吃饭时一点动静都没有。你还是个活人吗？"

宋执没有任何反应，仿佛没有听到一般。

啪的一声，宋安把碗筷往桌上一扔："宋执，你聋了吗？听不见我说话？"

一旁的李秋华不明就里地望向宋安和宋执，也放下了碗筷。

宋执这才反应过来，意识到宋安在和自己说话，他也放下碗筷，似是下定决心般，郑重道："爸，我想退学。"

宋安一掌拍向桌子："离高考就剩下几天了，你想退学？你疯了吗！老子到处借钱送你进私立学校，供你上了这么久的学，就是想让你能考上大学！你现在说退学就退学？"

宋执的情绪突然失控，把碗筷狠狠摔在地上："你永远都这么想，你就是想让我死！"

一旁的李秋华似是吓到了，一句话都不敢说。

"又是死！"宋安站起身，用高大的身躯笼住宋执，"你不要再说你有抑郁症了，能不能不要这么矫情？一个大男人得什么抑郁症？你要时刻记住你是个男子汉，要顶天立地的。"

宋执的嘴角扯出一个惨淡的笑："行吧，你不是想我高考吗？那我去考！考完我就去死！”他甩下这句话就往房间里走去。

宋安被宋执的话激怒了，他抄起一旁的鸡毛掸子就往宋执身上抽去：“想死是吧？好啊，那你去死吧，最好死得远远的！”

当时的宋执只是冷冷地看了他一眼，却没想到一语成谶，他最后真的死在了海镇郊外的仓库里。

“清一色！我和了！哈哈！”嘈杂的声音打断了宋安的回忆。

许秋雨被声音吸引，转头望了过去。

和牌的男人大笑起来，露出满口的黄牙。他的嘴仿佛怪物一般，在许秋雨面前越张越大，变成一口巨大的深井，把许秋雨扯入吞噬。

明明是夏天，许秋雨却感觉异常寒冷，冷得牙关不住地打战。

李秋华熄了火，从厨房里走出，小声道：“老宋，吃饭了。”

宋安抹掉眼泪，逐渐冷静下来，对许秋雨道：“走吧，我们全家都不想再看到你！”

许秋雨这才发现自己的右手攥得紧紧的，掌心被刺得生疼。他蹲下身子，把掉在地上的纸条捡起，走出了房间。

走出楼道，刺眼的阳光让他睁不开眼。

一瞬间，与宋执的回忆如潮水般涌来，剧烈地切割着他的心脏。

他感觉自己像一条搁浅的鱼，大口地呼吸，却愈发窒息。

警方已经结案，现在报警还有用吗？

只有这一张纸条，警察会相信自己的话吗？他们会不会像宋安一样将自己赶走？

他缓缓蹲下，风吹过他额角的汗水，令他一阵阵地发冷。

明明是酷暑，他却如坠冰窖。

宋执，我该怎么帮你？

他看着纸条上黑得刺目的字：

他不是自杀，是他杀！

他想，不管如何，他都要试一试。

他站起身，打了一辆车，前往公安局。

到了公安局，许秋雨说明来意后，警方就找来了负责该案件的警察李正。

李正穿着一身深蓝色的警服，每一颗扣子都一丝不苟地扣着。他留着寸头，五官凌厉，轮廓分明。

大学毕业后他就进入了公安局，年龄不到二十五岁，有着一腔热血，追求正义，凡事都希望得到一个公正的结果。

许秋雨将纸条交给了他："李警官，我收到了一张纸条，和宋执的死有关，我想了很久，还是想把它交给您。"接着他讲述了一下今天发生的事情，着重讲了一下那个撞到自己的人。

得知许秋雨的来意后，李正立刻严肃起来。他戴上手套，询问了纸条的来源之后，将纸条放入证物袋中：“感谢你的信任。我先将纸条送去检验，查一下指纹，如果你能回忆起撞到你的那个人的相关线索，立刻告诉我。我也会去调取一下今天殡仪馆附近的监控，如果能查到疑似放纸条的人，后续事情会好办很多。”

听到李正的话，许秋雨的心中突然升起一丝希望，他看着李正，猛地点头：“辛苦您了。”

“客气，这是我该做的。”话罢，李正拿着证物袋离开。

许秋雨坐到大厅的长椅上，等着李正回来。

等待的时间是难熬的，每一秒他的心中都无比焦灼，他无数次向上天祈祷，一定要找到那个人的指纹，找到宋执死亡的真相。

每当有脚步声响起，他就会朝来的人望去，确认是不是李正。

当钟表的指针走过一小时后，李正才出现在许秋雨面前。他看着许秋雨期待的目光，犹豫了几秒才道：“我们验了纸条上的指纹，只有你和宋安的，没有其他人。”

期望在这一刻落空，许秋雨眸中的光亮在瞬间消散，只剩下无尽的落寞。

李正见过太多这样的死者家属，可他还是再一次与许秋雨共情：“你能确定纸条是撞你的人放入你口袋里的吗？”

许秋雨思考了一会儿：“在火葬场里除了宋安推过我，只有那个戴鸭舌帽的人碰到了我。”

李正点了点头："纸条上的话是用文字贴纸拼成的，如果没有从监控里找到那个人，我们还会查找海镇的文具店，看看这些贴纸到底来自哪里。"

许秋雨抓住李正的袖子，如同溺水的人抓住最后一块浮木，用乞求的语气问道："你们会找到杀害宋执的真凶，对吗？"

看着许秋雨悲伤的神情，李正抿唇道："这个案子已经结案了，又有遗书，加上死亡现场被破坏，找不到有力的证据，很难重启。"

"宋执一定不是自杀，"许秋雨把宋执的高考成绩单给李正看，"他高考考得这么好，不可能自杀的。"泪水从眼眶滑落，许秋雨苦苦哀求道："求求你们，再查查看，宋执一定不是自杀，我敢肯定。"

李正叹了口气："这样吧，你留一个你的电话号码给我，如果有什么消息我会第一时间告诉你，你如果想到和宋执有关的线索也可以找我。"

李正从口袋里拿出自己的名片，递给许秋雨。

许秋雨紧紧攥着李正的名片，报了自己的电话号码后，红着眼看向李正："我能看看宋执的遗书吗？"

李正为难道："你来之前，我们刚派人把宋执的遗物归还给了他的家属。"

李正说罢，便离开了，留下许秋雨一个人坐在公安局的大厅里。

周围很安静，只有警察走路时发出的啪嗒声。

宋执灿烂的笑容再次浮现在许秋雨的脑海中，许秋雨的双拳渐渐攥紧，他感觉自己好像沉入了没有边际的黑暗中，在窒息般的死寂中漂浮游荡，找不到出口。

半晌，他抬起头，下了一个决定——

不论纸条上说的是真是假，他都要找到宋执死亡的真相！

第二章 风往哪儿飞，我就往哪儿走

这些年，我就像断了线的风筝，跌跌撞撞，找不到落脚的方向。

我一直在低空飞行，这种感觉几乎让我窒息。

许秋雨打了一辆车，再次前往宋执家，想看看宋执的遗书。

窗外的景象缓缓后退，车停在了红灯前。

马路边，一群穿着校服的少男少女围聚在一起，其中一名少女扬起灿烂的笑容："我考了570分，过了今年的一本线。"

旁边的少年恭维道："厉害啊，我刚过二本线，可惜咯，不能和你上同一所大学了。"

少女抬脚轻轻踹了他一下："去你的，谁要和你上同一所大学啊。"

少年们的笑声传了过来，许秋雨却觉得异常刺耳。

如果宋执还活着，他也能这样无忧无虑地笑着，而不是躺在冰冷的盒子里面，变成再也不能言语的灰烬。

"你们听说了吗？三中的状元自杀了。"少女双手握着书包的肩带，表情夸张地说出宋执的死亡消息。

旁边的少年点了点头，唏嘘道："我知道，都上微博热搜了，听说是因为家暴自杀的……"

绿灯亮起，车开始向前驶去，少年的声音渐渐被风吹散。

许秋雨打开手机，发现宋执的死亡事件冲上了微博热搜榜第一。

有人说宋执是因为承受不了高考的重压，认知失调，误认为自己考得很差，最终寻死的。留言区里沸腾了，有心理医生呼吁家长和老师多多关心学生的心理健康问题；还有网友说宋执心理承受能力太差，这么轻易就选择了死亡，就算活着将来也会因为社会压力而轻生；还有人说宋执是因为女朋友劈腿，他接受不了，选择结束了自己的生命。大家都在为宋执的父母感到可惜，白白养了这么多年的儿子，最后为了一个不值得的女人走上了绝路。

许秋雨将网页向上滑动，发现一条高点赞的评论，一个自称是宋执同学的人说，宋执是因为家暴而死，并列举了多条例子——宋执曾带着浑身的伤痕来到学校；宋执早恋，在被父亲知道后，被狠揍了一顿；宋执的父亲曾在学校里掌掴宋执……

下面还附上了宋父扇宋执巴掌的图片。

网友们纷纷评论：

——什么鬼，还是人吗？这父亲禽兽不如啊！

——家暴真是可怕，不配当父母却生了孩子的人太多。虐待、家暴、精神控制、挫折式教育……不知道毁了多少孩子。

……

有人将宋执的父母“人肉”了出来，说他们是社会的毒瘤，并附上了宋安以及李秋华之前在宋执葬礼上的照片。

宋安穿着黑色的短袖长裤，胸前别着一朵白花，和来参加葬礼的人握手。

李秋华化着淡妆，穿着黑色的长袖长裤，招待来往的宾客。

网友立刻爆发了激烈的讨论：

——儿子都死了还化妆？还有心情打扮得这么精致？下一步就是当网红开直播赚钱了吧。

——这女的身材不错，还穿着高跟鞋，保养得挺好。

——一滴眼泪都没有？看不出任何伤心。

……

宋执的死变成了网友们茶余饭后的谈资，变成了营销号用来圈钱的工具，变成了人们口诛笔伐的狂欢。

愤怒涌上心头，许秋雨在一条高赞下评论：未知全貌，不予置评！

“到了，二十三块，微信还是支付宝？”司机的声音将许秋雨从网络世界里拉了出来，他付钱下车，再次往宋执家走去。

等许秋雨再次踏入宋执的家门时，打麻将的众人已经离开了，只留下脊背佝偻的宋安和憔悴不已的李秋华。他们坐在矮小的椅子上，像两只躲在地洞里的老鼠，头紧紧地挨在一起。

许秋雨开口，打破了沉默：“叔叔，我想看看宋执的遗书。”

认清来人是许秋雨后，宋安刚堆起的和善面容瞬间碎裂开来。

他站起身，走到许秋雨面前，声音有些颤抖：“你为什么还要来？我是不是说过，我们不想再看到你！”

许秋雨用近乎哀求的声音道：“叔叔，我和宋执是这么多年的好朋友，我不相信他一句话都没有留给我，求求您，把他的遗书给我看看，可以吗？”

婴儿的啼哭声从不远处传来，邻居被吵到，推门而出，喊道：“老宋，在吵什么啊？我家孩子还在睡觉呢。”

“孩子”二字刺痛了宋安，他抓起桌上的一张纸，冲到门口，把它塞到许秋雨手里：“永远不要再出现在我面前！”

宋安用力推了许秋雨一下，重重将门关上。

太阳逐渐西斜，黄昏下，几束霞光穿过天边的彤云照在许秋雨身上，在他的脸上划出一道光影。

手中的纸沾了些许灰尘和血迹，钢笔写的字清秀干净，字痕却极深，像是用尽了所有力气。

借着太阳最后的光亮，许秋雨看到了遗书的全貌——

当你看到这封遗书的时候，我已经死了。这些话在我的脑海中反反复复修改了很多遍，最终还是决定将它们以文字的方式写下来。

这些年我就像断了线的风筝，跌跌撞撞，找不到落脚的方向。我一直在低空飞行，这种感觉几乎让我窒息。

爸，你总说希望我早点死掉，如今我真的死了。但我的死亡与你无关，希望你不要为此感到困扰。

顾新月，我不恨你，我知道你一定有难言之隐，你只是做了一个自己认为正确的决定。

许秋雨，你一定会怪我什么都没有告诉你，但这是我一个人的困境，它就像一个沼泽，令我越陷越深，我只希望你能离我远远的。

自此，我的生命结束了。

以后，风往哪儿飞，我就往哪儿走。

2019年3月15日

许秋雨不知道在原地站了多久，原本的字句支离破碎，变作无数碎片与线条。在黑与白的碎片中，他看见，宋执噙着笑，随风走远。

天色逐渐暗淡下来，不知何时，月亮已悬在了空中，自顾自地放出如霜般惨淡的光亮。

带着热意的晚风吹来，拂过许秋雨潮湿的脸。他仿佛能看到宋执写下这封信时的样子——他一定是坐在家中那个狭小的房间里，以最浓烈的笔墨，与这人世间永诀。

为什么要死？究竟发生了什么？遗书里的顾新月又是谁？

许秋雨搜索整个记忆，只能看到一个模糊的、戴着眼镜的虚影。

许秋雨拿出手机，点开QQ的班级群，在群里寻找这个名字，最终在最后一排找到了它。

头像是一片漆黑，仿佛是裁下的一痕夜色。

他向对方发送好友请求，很快，对方就拒绝了他。

许秋雨发起临时对话，打下一句话：我想知道宋执的事情，他在遗书里提到了你。

等了许久，对方都没有回应。

此时，QQ的班级群里弹出一条消息。

曹生：明晚十点，在万豪酒店举办同学聚会，大家务必赶到哦！

王宁：OK！

梁缘：+1

下面是一众学生的附和，唯独少了顾新月。

忽地，一阵眩晕感涌上额头，胃部传来阵阵绞痛。许秋雨这才意识到自己已经一天没有吃过东西了。

他随便走进一家饭馆，下意识地点了宋执最爱的芹菜牛肉盖饭。

他从小就不爱吃芹菜，曾经在宋执的鼓动下吃过一点，当时就瘪嘴吐了出来。

如今再吃，他依旧觉得难吃，但似乎并不像曾经那样难以下咽。他感觉宋执仿佛就坐在自己的身边，头头是道地说着："芹菜是这个世界上最有营养的菜了，又能清热解毒，还能祛病强身，你怎么就不爱吃呢？"

许秋雨像以前一样，轻声道："味道太奇怪了。"

宋执的虚影将筷子的另一头轻轻敲在许秋雨的头上："别挑食。"

许秋雨的胸口泛起一阵酸涩，泪水一下子从眼眶中涌了出来。许秋雨努力想擦掉泪水，但眼泪穿过指缝，无声地，曲折地，在脸上留下一道湿痕。

他猛扒了几口饭，泪水和呜咽混着湿热的饭菜塞满了口腔，像是要塞满那颗空洞的心。

草草填饱了肚子，许秋雨打了一辆车，回到家中。

楚媛还没有回来，黑暗仿佛藤蔓般攀附上来，缠绕着整个房间。

许秋雨洗完澡后就在床上躺下。

银霜浸入房间，他看着宋执的遗书发呆，上面的字像沙子般坍缩下来，陷入房间的黑暗之中。

许秋雨将它贴近心脏，望向天花板，眼前的世界好像马上也要崩成碎片，就和胸前这颗跳动着的破碎肉团一般。

恍惚之间，窗外的鸣笛声逐渐远去，行人的对话也归入寂静。

他仿佛又回到了八岁那年，那时他还是个矮墩墩的小胖子。

那时，他总是受到同学们的嘲笑，也因此说话变得吞吞吐吐，等楚媛发现问题时，他已经成了一个结巴。为了让许秋雨能有一个良好的交友环境，楚媛当下就决定将他转学到花园小学。

转学的第一天，他看到母亲偷偷往班主任的手里塞了几张购物卡：“老师，拜托您照看好许秋雨。我不在意他的成绩，只希望他能快乐地学习。”

母亲平时直挺的脊背在那时看起来十分佝偻。

班主任赵香严肃地拒收了楚媛手里的购物卡，然后笑道：“你家孩子的情况我已经了解了，我会多关注他的。等会儿我就带他到班上，让他做个自我介绍，让孩子们都认识认识。”

听到“自我介绍”这四个字，许秋雨下意识地缩了缩肩膀，身体控制不住地颤抖起来，他拉住楚媛的衣角：“妈……妈妈，我……我怕。”

楚媛摸了摸许秋雨的头：“许秋雨，你把同学们都当成小萝卜墩，就不会害怕了。”

最终，许秋雨在赵香的带领下，如赴刑场般走入教室。

汗水打湿了他的整个额头，双腿不住地颤抖着，他站在讲台上，望着教室里的一群“萝卜墩”，吞了吞口水：“我……我……”

他半天说不出一个字，班上的同学开始交头接耳起来。

同学们的反应让许秋雨更加紧张，他不自觉地吞了吞口水，感觉自己的心脏都要跳出来了。

忽地，一个男孩站起身：“都安静！好好听新同学说话！”

他系着红领巾，在阳光下紧皱着眉头，活像一个小大人。听到他发出号令，同学们立刻都安静了下来，齐刷刷地望向许秋雨。

赵香向许秋雨介绍道：“这是我们班的班长宋执。”

许秋雨看着讲台下的一双双眼睛，突然哇的一声，开始大哭起来。

赵香没有办法，只能替他做了个介绍：“这是许秋雨，大家以后和他好好相处。”她指向一个空位，“许秋雨，你坐在陈鑫旁边。”

许秋雨一边抹着眼泪，一边哆哆嗦嗦地走到一个扎着羊角辫的女孩身旁。

陈鑫很嫌弃他，一下课就跟他约法三章，还用粉笔在桌子中间画了一条线：“这是‘三八线’，你不许越过！”

许秋雨连连点头：“好。”

等了许久，也没有人主动找他玩。许秋雨只能低着头，在桌洞里转魔方，很快，六面就拼成了。

“你这么厉害呀！”

忽然，一个有些熟悉的声音传来，许秋雨抬起头，望向宋执。他看到宋执的笑脸，似是被吓了一跳，手中的魔方掉到了桌洞里。

宋执笑容灿烂：“可以教我玩吗？”

许秋雨低下头，涨红了脸，他想大声说“好”，但有一股气一直卡在喉咙口，让他发不出声。直到上课铃声响起，他都没能说出一句话。

他看到宋执失望地走了，心里难过不已。

中午吃饭休息时，他走出教室，想到天台上吹吹风，却在楼梯上意外听到陈鑫和别人的交谈。

“新来的那个胖子真的好恶心，我第一次见一个人胖成那样，像头猪一样。”陈鑫厌恶的声音传入许秋雨耳中。

“是啊，怎么会有人连话都说不清楚，跟个结巴似的。”

许秋雨顿时感觉如坠冰窖，委屈感涌上心头，他忍不住流下了眼泪。

忽地，宋执的声音传来：“中午是用来休息的，不是用来说人闲话的！”

他仿佛神祇般降临，拨开云翳，将阳光慷慨地洒在许秋雨身上。

陈鑫不满道：“班长，你怎么老为那个胖子说话。”

宋执的声音正气凛然：“作为少先队员，我们应该尊重并爱护每一个同学。”

另一个同学道：“算了，我们走吧。”

陈鑫拉着另一个女生的手往出口走去。她们在看到许秋雨后都吓了一跳，随即露出厌恶的表情，侧身避开他，匆匆下了天台。

许秋雨似是下定决心般握了握拳，勇敢踏上楼梯，走到天台上。

那时宋执正望着天空，轻风吹动少年的白色衬衫，阳光洒在他的身上，为他笼上了一层金色的薄纱。那一刻，许秋雨以为自己见到了超级英雄，他无比崇拜地望着宋执。

如果能和他做朋友就好了。许秋雨暗自想着。

他双拳紧握着，在天台中心站了许久。

宋执转过头来时被许秋雨吓了一跳。

许秋雨愧疚道："对……对不起……吓……吓到你了。"

宋执连连摆手："是我自己没注意，和你没关系。"

许秋雨的脸涨得通红，不敢直视宋执。

宋执疑惑地看着许秋雨："许秋雨，你是有话想和我说吗？"

许秋雨点了点头，几乎是用尽全力喊了出来："我，我想，我想和你……"说着说着，声音却越来越小，最终归于沉寂。

他低下头，懊恼地想着，这次又失败了。

可是下一秒，宋执却朝自己走来。

他抬起头，望见了这个世界上最灿烂的笑容。

宋执背着手，倾身向前，凑近许秋雨："许秋雨，我们做朋友吧。"

少年一身微光，眉眼霁明。

许秋雨一愣，那一刻，他觉得"朋友"这个词有种超能力，让他挺起脊背不再害怕了。

第三章　有时候坏是一种自卑

时间仿佛钝刀般，缓慢地割着许秋雨的心脏，恐惧紧紧地攫住了他，冷汗已濡湿他后背的衣衫，但他用尽全力保持着镇静。

许秋雨一觉睡到了第二天下午，他望向窗外时，太阳正缓缓沉没，明亮的天空被染上火红的霞光。

许秋雨洗了个澡，便走出家门，打了一辆车，前往万豪酒店。

他抵达聚会现场时，座位几乎都被坐满了。

许秋雨的到来引起了同学们的骚动。他穿着最普通的白衬衫，却自有一股贵气。身形瘦高，露出来的肌肉却很紧实。薄薄的刘海搭在额头上，一双桃花眼明亮而忧郁。

“许秋雨！”班长王宁站起身来，惊喜地望着他，“两年没见了，你还好吗？”

许秋雨点了点头，他记得王宁。高一的升旗仪式上，王宁曾因为低血糖昏倒，许秋雨想都没想就背起她，将她送到了医务室，还在病床旁照顾她许久，等她醒来后将她扶回班上。

自那之后，王宁就对许秋雨萌生了一种青春期的悸动，但她分不清楚那种感觉是喜欢还是感恩。她会经常给他带早餐，在他打篮球的时候给他送水，放学后偷偷走在他身后……

少女的心事很明显，但许秋雨却没有察觉到。

“刺啦。”

椅子在地板上拖动的声音将许秋雨从回忆中拽了出来，是王宁红着脸把身旁的椅子拉开：“许秋雨，你坐这里。”

许秋雨自然地走到王宁身边坐下。

王宁期待地看着许秋雨：“许秋雨，你在国外的生活还好吗？”

许秋雨点了点头，简单寒暄道：“都挺好的。”

他俯身，凑近王宁，就像说悄悄话般低声问道：“王宁，顾新月来了吗？”

少年身上传来淡淡的皂角味，让王宁的心脏不住地跳动起来。但当听到许秋雨问起顾新月时，她感觉自己的心一沉，摇了摇头，用略带嫌弃的语调道：“没有，她哪还有脸来。”

许秋雨皱了皱眉：“发生什么事了？”

王宁给自己倒了杯酒：“别提她，现在大家都很开心，提她多晦气。”

她笑着举杯，和同学们聊着对大学生活的期待。

许秋雨有些诧异地望着王宁，最终还是没有继续问下去。

聚会从头到尾都没有一个人提到宋执，就好似他没有在这个班级里存在过。少男少女们庆祝自己终于结束高三生活，即将迎来光明的未来。

他们把宋执忘了，就像随意丢下了一团废纸，转过身就抛到了脑后。

“我给大家表演一个魔术吧。”突然，一个声音吸引了众人的注意。

一个穿着衬衫和黑色长裤的男孩站起身来。他的皮肤白皙，头发乖顺，笑起来嘴角有两个酒窝，看起来温和又腼腆。他的手上戴着一条红色编织绳制成的手链。

许秋雨记得曹生，对他的印象停留在他优异的成绩和乖张的性格上。

曹生的父亲是万豪酒店的老板，母亲早年去世，他从小被奶奶抚养长大。他在老师面前是个听话的优等生，但在学生们面前却是一个不折不扣的小混混，许秋雨还记得曹生是如何欺负梁缘的。

梁缘的母亲是远近闻名的舞蹈家，梁缘从小就深受家庭氛围的熏陶，学习古典舞。高一上学期，梁缘从舞台上摔了下来，右腿骨折了，从此便成了曹生嘲笑和欺负的对象。

许秋雨还记得，有一次他和宋执在田径队里练习跑步，走得比较晚，学校的正门已经关上了，他们绕进后山，准备从后门离开时，听到了梁缘的求饶声。

“对不起，我真的不能跳。”梁缘拄着拐杖倒在了地上。

他看起来很痛苦，紧皱着双眉，额头布满了汗水。

曹生不满道：“你不是舞蹈比赛的冠军吗？怎么就不能给我们跳一段了？”

曹生和另外两个男生莫霆、孙良围着梁缘。曹生一拳砸在梁缘的脸上："你跳不跳？"

梁缘捂着右脸，恐惧地望着曹生，眼眶泛泪："我的右腿骨折了，真的不能跳……"

"你们也太恶劣了吧？"宋执先许秋雨一步站了出来，"他都骨折了，你们为什么还要逼他？"

曹生用舌头顶了顶口腔内壁的边缘，似乎很不满："你们想管这事儿？"

梁缘在看到宋执和许秋雨后，立刻躲到了他们背后。他死死地攥着宋执的衣角，惊恐地看着曹生，小声地向宋执呼救："帮帮我！"他看上去很痛苦，眉眼都皱在了一起。

宋执盯着曹生："我管定了！"

"好，很好！"曹生一拳挥向宋执，下一秒拳头就被许秋雨接住了。

曹生不可置信地看着许秋雨。

许秋雨抿唇道："要打架？"

"你们在干什么？"

忽地，一道光源打来，晃得许秋雨和曹生睁不开眼。

保安在学校里巡逻，被他们的声音吸引，拿着探照灯就走了过来："这么晚还不离校，在这里干什么啊？"

曹生恶狠狠地瞪了许秋雨和宋执一眼："你们给我等着！"话罢，便带着莫霆和孙良离开。

宋执对梁缘说："你跟我们一起出学校。"

梁缘点点头，泪水从眼角滑落："谢谢你们，我请你们吃夜宵。"

宋执笑了笑："都是同学，看你受欺负，我们不能当看不见呀，不用在意。"

宋执、许秋雨走到了校门外，往公交车站走去，梁缘拉住了宋执："等等我。"

说着，他往银行的ATM机跑去，取出了一大笔钞票，朝宋执跑来，气喘吁吁道："我给你们两千块，这是我这个月全部的生活费了。曹生肯定还会找我的麻烦，你们保护我，好不好？"

宋执立刻将他的手推开，表情严肃："我们不要你的钱。"他看到梁缘担忧又慌乱的神情，语气柔和下来："如果曹生再找你的麻烦，你就告诉我们，我们会保护你的。"

梁缘有些错愕："免费的吗？"

宋执刚毅的面颊上绽放出了柔和的笑容，他正声说道："免费的。"

万豪酒店。

"啪啪！"

此时，许秋雨的回忆被掌声打断。

曹生拍了拍手，两个学生便将一个架子抬了上来。架子上是一个木板，木板的中间被挖出了一个圆形的洞，洞的大小可以钻进一个人的脑袋；木板的最下方则被挖出了一个十厘米长、一厘米宽的方形洞。

他伸手在木板中间向上一拉，一个半米长的刀刃就出现在木板上方，它的两侧由铁丝固定住，一侧在木板中，一侧连接着一个同样长度的木质把手。

他将一个洋葱放在方形洞槽里，将刀刃迅速按下，洋葱便被分成了两半。

很明显，这是“断头”魔术。

曹生向梁缘招了招手：“梁缘，你来。”

梁缘恐慌地摆手：“不……”

曹生看了眼自己身边坐着的两个男生，莫霆和孙良便立刻走到梁缘旁边，将他架起，往魔术道具旁走去。

其余的学生们都没敢开口，沉默地看着眼前的一幕。

许秋雨想起宋执对梁缘的承诺，站起身来，替他解围：“木板里面有机关，对不对？”

曹生舔了舔嘴唇，望向许秋雨：“什么意思？”

许秋雨走到魔术道具旁，将梁缘拉住，护在身后：“刀刃在抵达圆形洞口前会被里面的隔板挡住，但两边的铁丝不会，铁丝下还连接着一把刀，那把刀在圆形洞口的下方，但在方形洞口的上方。继续下移，第二把刀就会将洋葱切成两半，但塞在洞里的人头却是安然无恙。”

许秋雨看到曹生的脸上青一阵白一阵，不由快意道：“你想用这种小儿科的戏法逗大家玩？”

曹生用舌头顶了顶口腔内壁，许秋雨知道这是他生气的表现。

曹生转了转脖子，忍着怒气：“许秋雨，你很喜欢拆我的台呀？”

许秋雨的双眼一沉：“我不喜欢看你欺负别人。”

曹生狠狠地瞪了许秋雨一眼，但碍于在公共场合，没有发作，便点了点头：“好，那我换一个魔术，你代替他来。”

许秋雨立刻道：“我凭什么要来？”

曹生气笑了：“这是我的地盘，你不来，今天所有人都不许走！”

在座的学生们中间传来一阵窃窃私语：“许秋雨，这就是个魔术嘛，你就答应曹生呗。”周围又是一阵附和声。

许秋雨听着周围人的声音，看着曹生如猛兽一般凶戾的双眼，说道：“行，我来。”

话罢，莫霆与孙良就推上来了一个长宽高均为一米的木质箱子，曹生将盖子打开，做了一个“请”的手势：“你进去。”

许秋雨依言坐了进去，曹生将盖子盖上。

盖子的中间有一个洞，正好可以露出许秋雨的头。

曹生在许秋雨耳边小声道：“跪着，腰向后靠，不然我不保证你不会死。”

灯光下，他手上的红绳如血般刺目。

莫霆和孙良拿上来十几把剑，曹生抓过一把刺穿了木箱。

剑与许秋雨擦身而过，划破了他的衣袖。

曹生一笑，嘴角的酒窝若隐若现：“第二把。”

心跳迅速上升，许秋雨的额角泛出了细密的汗水，濡湿了额发，他不由自主地将腰向后弯折。

第二把剑从另一个角度刺穿了木箱。

曹生欣赏着许秋雨慌张的神情：“第三把。”

时间仿佛钝刀般，缓慢地割着许秋雨的心脏，恐惧紧紧地攫住了他，冷汗已濡湿他后背的衣衫，但他用尽全力保持着镇静。

第三把剑迅速贯穿了箱子。

“第四把。”

曹生仿佛逗弄许秋雨般，不断刺入新的剑，直到十几把剑都贯穿了木箱，他才一把一把地把剑缓慢抽出。

等他打开盖子时，许秋雨的双腿已经麻了。

曹生低下头，表情阴沉，用只有他和许秋雨能听到的声音道：“别惹我！”

话罢，他抬起头，拍了拍许秋雨的肩膀，向同学们扬了扬手，笑得腼腆：“我的魔术表演完了。”

雷鸣般的掌声应声而起，学生都卖力地鼓着掌，生怕招惹到曹生。

梁缘赶忙上前，将许秋雨扶起，带离了包间。

刚离开酒店就迎来了夏日的热意，许秋雨和梁缘并肩走在喧闹的街上。

远处是城市灯海，犹如星河流淌，周边是叫卖的摊贩，路灯在昏暗中勾勒出行人的影子。

许秋雨的脑海里仍然是自己刚刚坐在箱子里任人宰割的感

觉，当剑刺穿箱子时他害怕了，害怕就这样死掉，再也不能查出宋执死亡的真相。

他花了很长时间才从刚刚的恐惧中走出来。

梁缘一脸担忧地看着许秋雨："许秋雨，对不起，都是我的错。"

许秋雨摇了摇头："不关你的事。"

许秋雨站定在路灯下，长舒了一口气。他的脸仍然是苍白的，额角布满了细密的汗水。灯光照在他的身上，铺在他的脸上和头发上，为他的周身镀上了一层淡淡的光亮。

他问出了一直想问的问题："梁缘，顾新月发生什么事了吗？她为什么没来参加同学聚会？"

梁缘的眼泪似是要落下来了，他犹豫再三，最终还是道："高三下学期顾新月被性侵了。"

许秋雨的心脏突然漏了半拍，随即迅速跳动起来："谁干的？"

"宋执。"

第四章　一切才刚刚开始

那年的春日，笑起来如春水一般温柔的宋执，如同定格的影像，永远地刻在了许秋雨的回忆里。

“怎么可能是宋执？”许秋雨不可置信地问道。

“我也不相信，但这是顾新月亲口指认的。”梁缘抿唇痛苦道，“就在今年3月12日，她在后山执勤，等到同学们都走得差不多了她也准备离开时，却被宋执捂住了嘴巴，拖到了小树林里……”

梁缘表情悲伤：“而且顾新月被发现时身上还盖着宋执的衣服，监控也拍到宋执急匆匆从小树林里跑出来。”

“是谁发现的？”许秋雨问道。

梁缘答道：“班主任林老师，他那天走得晚，从后门离开时听到了顾新月的呼救声。”

许秋雨久久没有说话，他盯着梁缘，希望对方只是在说谎，但梁缘却流下了眼泪：“一定是因为我，对不起，许秋雨，都怪我。”

许秋雨的双眸一沉：“什么意思？为什么要怪你？”

“宋执高二的时候是班长，协助老师批改卷子，但他却作弊，改了自己和其他同学的答案，让自己稳居班级第一名。自从他的行径被告发后，林老师就撤销了他的职务，班上同学也开始排挤他。后来宋执一直在找是谁告发他的，我看他整日魂不守舍的，实在看不下去，就告诉了他举报人是顾新月。”梁缘抹着眼泪，懊悔地说着，“如果我没有告诉他，他可能不会因为心理扭曲走到最后那一步吧。”

梁缘的话仿佛一根鱼刺般卡在了许秋雨的喉咙里，他许久都发不出声音，半晌才愣愣道：“宋执作弊？”

梁缘点了点头。

“这怎么可能？”

梁缘叹了口气：“我也不信，但宋执被顾新月举报后，被改了试卷的同学们都跳出来指认了宋执。”

此时的许秋雨喉咙里好像有什么堵着，一切言语滞涩着哽在这里，他面色灰败：“我不相信宋执会作弊。”

梁缘叹了口气：“我也不信，但第二天宋执就写了一份承认书，交给了林老师。”他攥紧了双拳，艰难道，“没想到最后顾新月会被……”

“这更不可能，如果真的发生了，那为什么宋执没有被警察抓走？”许秋雨哑着嗓子问道，平静的语气下，隐隐能听到一丝颤抖。

“校方不希望传出这样的丑事，没有报警，私下里让宋执和顾新月和解了。”

许秋雨感觉自己一阵阵地发昏，眼前出现了细密的花白斑点。这些信息仿佛一柄柄利剑刺入许秋雨的心房，让他痛到几乎无法呼吸。

“许秋雨！”

忽地，一个声音将他从深渊中拉了出来。

王宁背着包，气喘吁吁地追了上来。

梁缘看到王宁过来了，便拍了拍许秋雨的肩膀：“许秋雨，那我就先走了，如果有什么问题，你随时都可以来找我。”

等梁缘走后，王宁一脸担忧地望着许秋雨：“许秋雨，你没事吧？你的脸色看起来好差。”

许秋雨抬手按了按眉心，摇头道：“没事。”

王宁思考了一会儿，打开手机相册，献宝一样递给许秋雨：“许秋雨，你看，这是我们的毕业照片，这可能是宋执最后一次拍的照片了。我想你或许想看一看。”

许秋雨一眼就看到了宋执，他站在最后一排，身形颀长，却没有笑。他双眸黯淡，像失去了星光的夜空。他站在阳光下，却仿佛一棵枯败的树，毫无生气。

他顺着名字，看到了顾新月。她戴着一副黑框眼镜，眼睑低垂，面容沉静而忧郁。

许秋雨想起来顾新月是谁了。

高一下学期时，一次体育课上，顾新月的生理期到了，那时正在进行八百米跑步测试，她似是没有意识到，直到鲜血染红了校裤，她才捂着肚子冲过了终点线。

“顾新月的屁股流血了！”

曹生戏谑地高喊道，站在他身边的孙良和莫霆笑得前仰后合。

顾新月的耳根瞬间就红了，神色慌张地站在原地，不敢挪动脚步。

宋执看到后立刻上前将自己的外套围在她的腰际，低声道：“先回寝室吧？”

曹生高呼道：“大家快看，宋卤菜喜欢眼镜妹！”

宋执的父母做的是小本生意，在一所高中门口摆了一个地摊卖卤菜。曹生在知道后就一直称宋执为“宋卤菜”。

顾新月看都不敢看宋执，红着脸就往寝室跑去。

许秋雨一把拽住曹生的衣领：“把你的大脑擦干净点。”

曹生一笑：“哟，想打架呀？”

宋执抓过许秋雨的手，摇了摇头。

“许秋雨，你怎么了？”

此时，王宁抬起手在许秋雨面前挥了挥。

她的声音将许秋雨从回忆中拉了出来，他急切地问道：“王宁，你有顾新月的家庭住址吗？我有急事要找她。”许秋雨看到王宁有些为难的样子，柔声道，“现在只有你能帮我了。”

听到许秋雨的话，王宁立刻红着脸道：“好，一会儿我把她的地址发给你。”

王宁跟许秋雨有一搭没一搭地聊着学校的趣事，但许秋雨什么也听不进去，他的脑子里正不断重复着自己刚刚和梁缘的对话。

等把王宁送走后，许秋雨才拿到地址。他打了个车，直接向那个地址赶去。

城郊的小巷里，几栋筒子楼挨得很近，楼外有一条聚满了虫豸的阴沟，楼里传来婴儿的啼哭声和街坊邻里的骂声。

风吹过许秋雨额前的碎发，他攥紧手心，往黑暗的楼栋里走去。

楼道里的灯随着他的脚步声一盏一盏地亮起，小时候宋执教他读书的情景在他的脑海里浮现。

彼时正值春日。

宋执坐在家里狭小的房间里，手里拿着一个咬了一口的甜筒。

阳光透过窗户，肆无忌惮地洒在宋执的眉眼间，他指着小学课本，一句一句地念道："一身乌黑的羽毛，一双剪刀似的尾巴，一对轻快有力的翅膀，凑成了那样可爱的活泼的小燕子。"

窗外的柳枝被风吹起，燕子缓缓停靠在柳树上，春日的气息正浓。

许秋雨紧攥着自己胖胖的小手，结结巴巴地念道："一,一身，乌乌，黑黑，的，的羽毛，一,一双，剪刀，刀似的，尾，尾巴……"

一句短短的话用了整整一分钟才念完。

宋执看着许秋雨局促的样子："没关系，许秋雨，我们慢慢读，一个字一个字地读，你一定可以克服困难。"他接着道，"来，我们继续。"

宋执的声音如清风一般继续念道："二三月的春日里，轻风微微地吹拂着，如毛的细雨由天上洒落着，千条万条的柔柳，红的白的黄的花，青的草，绿的叶，都像赶集似的聚拢来，形成了烂漫无比的春天。"

他一字一字地念着，慢而认真，舒缓而轻柔。

许秋雨愣愣地看着宋执，突然觉得世界都变得安静了下来，眼前只有这个正在朗读的男孩。

读完后，宋执抬起手，在许秋雨的面前晃了晃："怎么发呆了？是不是累了？要不要吃根雪糕？"

许秋雨突然慌乱起来，他指了指宋执手中的甜筒："我，我想吃和你手里一样的甜筒。"

宋执一笑，我再给你拿一个："吃完我们再念。"

许秋雨赶紧咬了一口甜筒，却被冰得牙疼，圆圆的小脸皱在了一起。

宋执握着课本，笑意满满地望着许秋雨。

风从窗外吹来，拂过宋执的碎发，在空中打了个旋儿，慢悠悠地荡去远方。

那年的春日，笑起来如春水一般温柔的宋执，如同定格的影像，永远地刻在了许秋雨的回忆里。

此时，许秋雨每走一步，心中都愈发坚定。宋执不可能做出违法犯罪的事情，一定有隐情。

他站定在顾新月的家门口，叩响了她的房门。

第五章　哪怕只有一丝线索

巨大的悲痛在此刻席卷了他，
思念像毒一样蔓延开来，销骨蚀心。

“咚咚——”

疼痛从指节传来，不管许秋雨怎么敲门，都无人应答。

许秋雨拿出手机，再次看了一眼顾新月家的地址，又抬头看了看门旁的号码，确定这是顾新月的家后，改敲为拍，加重了手上的力度。

“敲什么敲啊！”

忽地，隔壁的房门被打开，一个约莫四十多岁的女人端着水盆走了出来。她把盆里的水往地上一泼，暗骂一句，就要走回房中，正要关门时，许秋雨叫住了她：“阿姨，您好，请问这户人家不在吗？”

女人皱着眉头：“早就搬走了。”

许秋雨一愣：“搬走了？您知道她家为什么搬走吗？”

“就是，唉，”女人絮絮叨叨地说道，“新月那孩子命苦啊。算了算了，不说了。”

“那您知道她家搬到哪里去了吗？”许秋雨追问道。

“晚上偷偷搬走的，一句话都没有留下。”女人说完就把门带上，阻隔了许秋雨的道谢。

周围再次安静下来，沉寂如潮水般漫开。

月光透过走廊尽头的窗户倾泻了一地，泛着点点冷光。许秋雨抬起头，望向远处的天幕。夜空上星辰璀璨，银河跨越天穹，一轮弯月镶在星河之间。

明亮的光照在许秋雨眼中，他想起十年前从防空洞里走出来时望见的也是这样的盛景。

那是他转学到花园小学的第十天，同学们说要带他一起去探险，他满心欢喜地答应，随着他们踏入后山的废弃防空洞里。

“你这个丑胖子，谁要和你玩啊！”

他们说完这句话后就消失在了黑漆漆的防空洞里。

许秋雨蜷缩在角落，脑海中都是父母离婚前父亲殴打母亲的场景。父亲每每工作不顺就会把气撒在他们母子身上，那时楚媛总会把他藏在衣柜里，独自一人面对如同野兽一般的父亲。衣柜仿佛成了许秋雨的避难所，他每每感到害怕、恐惧时就会躲到衣柜里。

防空洞中，许秋雨一边发抖一边想象自己是在狭窄的衣柜中。可空荡荡的隧道不管往哪个方向看，都是无法言说的黑暗与孤寂，他怎么也甩不掉心中的恐惧。

突然，有人轻轻拍了拍许秋雨的肩膀，许秋雨立刻如乌龟般缩起了脑袋，浑身抖得像筛糠一样：“别打我，我错了，别打我……”

“许秋雨，是我，宋执。”

熟悉的声音传来，许秋雨转过头，望见紧皱着眉头的宋执，眼眶立刻红了：“宋执……”

宋执抱住许秋雨，轻抚他的后背，小声道：“没事了，没事了。”

许秋雨哇的一声哭了出来：“宋执……我好害怕。”

“有我在，以后没人敢欺负你。”宋执承诺道。

宋执拉着许秋雨的手，往防空洞外走去。

那一刻，许秋雨觉得自己就像流浪了许久，突然找到了家的小狗。长长的隧道不再让他恐惧，只要牵着宋执的手，不管走在哪里都好像有光在照耀着他。

他们走了许久，才走出黑暗的隧道。

宋执紧握着许秋雨的手，漫天的银河落在他的眼中：“许秋雨，我们减肥吧，我带你运动，从明天开始。”

许秋雨怔怔地点了点头：“好。”

夏日的夜晚，蝉鸣喧嚣，他看到宋执的笑容，一如明亮的星辰，灿烂而美好。他在心里暗暗发誓，宋执是他一辈子的好朋友。

“铃铃。”

QQ的提示声响起，打断了许秋雨的回忆。他拿出手机，点亮漆黑的屏幕。

王宁的消息传来：许秋雨，我到家了。

许秋雨：王宁，你知道顾新月现在住哪儿吗？她的邻居说她搬家了。

王宁：搬家了？那我就不知道了。

许秋雨：你能把顾新月的电话号码发给我吗？我有点急事要找她。

王宁：好。她的号码是1571614×××4。

许秋雨立刻拨打电话，很快一个熟悉的女声就从电话里传来："你好，请问你是？"

许秋雨立刻道："我是许秋雨……"

话还未说完，电话就被挂断了，再打过去已经是关机状态。

许秋雨再次给王宁发送消息：王宁，你知道顾新月最亲密的朋友是谁吗？

王宁许久没有回答，头像旁一直是正在输入状态。

过了几分钟，她才发来消息：顾新月在班上没有朋友，性格很孤僻，下课了就埋头写作业，谁也不理。我记得高二时她和宋执的关系还挺好的。你出国后他们就成了同桌，两人经常凑在一块互相讲题目。但在宋执修改考卷事件后，他们就不再说话了，班主任让宋执搬到最后一排一个人坐了。

许秋雨：好，谢谢。

许秋雨发完消息后便离开城郊，打了辆车回家了。

一进家门，许秋雨就看到靠在沙发上浅睡的楚媛。

听见开门声，楚媛突然惊醒，看到许秋雨后关切地问道："同学聚会怎么样呀？有趣吗？"

许秋雨想起曹生的魔术，摇了摇头，但看到楚媛担忧的神情后又改为点头：“和以前的同学见了一面，了解了一些事情。”

“那就好。”楚媛看了看墙上的挂钟，“已经凌晨一点了，你早点洗澡睡觉吧。”

许秋雨点了点头，径直走向自己的房间，洗完澡后便躺在了床上。

他望着天花板，一时间不知道该从何查起。窗外的霓虹晃过他的眼睛，他看着不断闪烁的光亮，思绪渐渐走远。

他想起小时候有一本冷门的杂志，叫《侦探日记》，虽然每个月都会出新的期刊，但销量并不好，书店里往往只有十几本的进货，但他每次都还是发行当天就赶紧买来，缩在天台的长椅上看。

有一次，宋执凑过来跟他一起看，问他：“这么喜欢侦探小说呀？”

小小的许秋雨挪动胖胖的身躯，给宋执留一个位置，点了点头：“喜，喜欢。”

“将来要做侦探吗？”宋执笑着说道。

“嗯！我会，会成为许大侦探！”许秋雨拍了拍胸脯，“有，有什么事情尽管来找我，我可以用推理能力来帮你摆平！”

空中的云朵幻化成不同的形状，映在宋执笑意满满的双眸里。

许秋雨没有想到，如今第一个需要用他的推理能力来解决的事件却是宋执的死亡。

许秋雨缓缓从回忆中抽离出来，他突然想到自己也可以找私家侦探来帮忙。如果有专业侦探的帮助，或许宋执死亡的真相很快就能被调查出来！

许秋雨瞬间有了信心。他上网找到一家名叫公信侦探的侦探社，登录侦探社官网进行咨询，很快就有一个名叫孙明晓的侦探添加了他的微信。

孙明晓：您好，请问您想调查什么？

许秋雨将宋执的死亡事件以及疑点告诉了孙明晓，孙明晓思考了一会儿，表示可以接这个单子，报价五万，定金一万，不算后续的差旅费。

这个价格已远超许秋雨的承受范围，他试图跟对方讲价，可一看到许秋雨要砍价，孙明晓直接就不理他了。

许秋雨只能退而求其次，问道：那可以帮我调查一个人吗？她叫顾新月，是私立学校三中高三三班的学生，今年刚毕业。我想知道她的去向或者是她还在海镇的亲友。

孙明晓很快便回复：可以，这个好办。

许秋雨：价格是？

孙明晓：3000元，定金1000元。

许秋雨立刻转了1000元定金给孙明晓。

孙明晓：OK，我会尽快查到给您答复。

对话结束，时钟已经指向了两点，可许秋雨却没有丝毫的困意。他打开微博，发现有人回复了自己昨天的评论。

——你是宋安和李秋华请来洗白的水军吗？

——某人急了呢！你就是宋安吧！

许秋雨想回复点什么，最终又觉得毫无意义，便决定关手机睡觉。他正要退出微博，却在首页上看到一条热搜——三中状元死前曾被欺凌。

许秋雨点开热搜，发现有人搬运了一则视频。

视频是偷拍的，一直在抖动。一群穿着三中校服的人围着宋执，正在打他。他们都背对着镜头，只有宋执的面容是清晰的。

视频的下方，“教育家们”发表着自己的言论——少年本该是未来的花朵，却没想到变成了食人的魔鬼。

看到这则视频，许秋雨感觉怒意冲上了头顶，他控制不住地颤抖起来。他打开三中的校园网，试图寻找发帖人，却发现这则帖子是匿名发布的。

他猛地将手机摔在了床上，怒吼出声，可回应他的只有手机清冷的荧光，把黑夜映得更荒凉。

是谁？到底是谁在欺负宋执？

宋执为什么不还手？为什么要任人欺凌？

许秋雨的呼吸逐渐急促起来，他只觉得脑袋胀痛，耳边传来嗡嗡的声响，无数的思绪纷至沓来，仿佛海浪般，将他吞噬。

窗外霓虹闪烁，许秋雨的脑海里闪过的都是宋执的样子——他教自己念书，细心温和的样子；他陪着自己在操场里一圈一圈地跑步，满头大汗的样子；他和自己并肩走在夜空下，灿烂微笑的样子……

许秋雨觉得心脏仿佛空了一块，怎么也填不满。他好像坠入深海中的溺水者，被海水紧紧地包裹挤压，无法呼吸。

不知道过了多久，他才逐渐冷静下来，直至时钟指向凌晨四点，他才在混沌之中陷入睡梦里，梦中仍然是宋执。

他梦到宋执变成了一只大雁，往海的那头飞去，却突然被人用猎枪射下。鲜血蔓延开来，染红了沙滩。他哭号着跑向宋执，可宋执已经没有了呼吸。

许秋雨瞬间惊醒，整个后背已经被汗水湿透。

窗外有浮光隐现，彩霞拉开了黎明的帷幕。小贩的叫卖声传来，提醒他现在已经是早晨。

许秋雨猛地从床上坐起，大口地呼吸着，直到头皮发麻，他才逐渐缓过神来。

他好像突然发现，这个世界上再也没有宋执了。

他拿出手机，点开宋执灰色的头像，打下一句话——

宋执，我又梦到了你，可醒来才发现再也见不到你了。

巨大的悲痛在此刻席卷了他，思念像毒一样蔓延开来，销骨蚀心。

半晌，他缓过神来，将后面的话写下，最终又将它们全部删除——

我无法接受你的死亡，我总会想，到底是哪一环出错了，你才会以这样的方式离开我。我也只能在这也许永远不会有答案的世界里，继续寻找下去。

第六章 一个谎言要用无数谎言来掩盖

谎言是一种枷锁，将人囚禁于自己构建的虚假中。

清晨六点，微博上依旧有人在不断评论着许秋雨的留言，他本来不打算打开它，但一则新闻出现在手机屏幕上——反转？三中状元人品堪忧。

许秋雨点开微博，发现宋执被打的视频持续发酵，一条高赞的博文被顶上了头条，有人说宋执是问题少年，经常打架斗殴，欺负同学，甚至偷东西，有人看不下去了才替那些被欺负的人讨回公道。

文字下附上了一则视频，视频中——

> 宋执站在操场的讲台上，拿着一张稿件，缓缓念出："我在这里要向被我打伤的曹生同学道歉，我不该打架斗殴，我在这里……恳请曹生同学的原谅。"
>
> 他的眼睛猩红，肩膀微不可察地颤抖着。
>
> 一旁的曹生走上讲台，他的左手手臂骨折，被绷带吊着。他看上去似乎很伤心，犹豫许久才对宋执道："我愿意原谅你，宋执。"

眼泪从宋执的眼眶滑落，他头顶的国旗飞扬，一切好似都在阳光下熠熠生辉。

这则博文下的评论已经突破了十万条，网友们开始一边倒地谩骂宋执。

许秋雨看着满屏的恶意，气得浑身发抖，在房间里来回踱步，直到楚媛被吵醒，来问他发生了什么时，他才逐渐平静下来。

许秋雨看着满脸担忧的楚媛："没事，对不起，妈妈，吵醒你了。"

楚媛摇了摇头："今天有什么安排吗？"

许秋雨答道："回学校一趟，我想和高中的班主任聊聊。"

他从柜子里找到了几年前的校服，换上后就前往学校，想要找班主任林向善询问关于宋执的事情。

刚到校门口，许秋雨的肚子就发出咕咕的声响，胃酸涌上喉咙，传来刺激性的疼痛，让他泛起一阵阵恶心，于是他转身拐进了一条小巷，走入一家熟悉的沙县小吃。

老板穿着一套灰色的短袖短裤，衣服外套着一件围裙。几年未见，他的头发已经稀疏，皱纹爬上了眼角，皮肤也晒黑了许多。

老板在看到许秋雨后十分惊喜："许秋雨，你回国了？"

许秋雨扯了扯嘴角，试图露出一个笑容。他朝老板点了点头："老板，还是和以前一样，十个蒸饺，配沙茶酱。"

"好嘞。"老板转身朝厨房大喊一声，"十个蒸饺加一个蒸包！"

厨房的蒸笼被打开，热气从其中冒出，模糊了许秋雨的视线。

他想起高一时，他和宋执几乎三餐都在这里吃，一来二去就和老板熟稔了，每次老板都会多送他们两个蒸包。

有时候许秋雨感冒了，宋执还会用自己的零花钱在校门口的小摊上买一个梨子，然后借这家饭馆的厨房，给许秋雨做一碗冰糖炖雪梨。

冒着热气的糖水里装着甜乎乎的雪梨，喝下去后胃就暖暖的，感冒好像在瞬间就好了不少。

此时，老板从抽屉里拿出一封信，放入口袋中，再戴上厚厚的手套，接过厨房伙计手上的蒸笼，走到许秋雨面前，把蒸笼放到桌上。

他将手套摘下，把口袋里的信递给许秋雨："宋执那孩子给你留了一封信。"

许秋雨一愣，双手接过信件："什么时候留的？"

"他……轻生的四天前来这里吃过饭，和你一样点了十个蒸饺，吃完后就将信交给了我。他说你一定会来饭馆吃饭，等你来了之后就将这封信给你。"老板抿唇唏嘘道，"没想到四天后他就……唉。"

信被封得很整齐，信口贴着一个红橙色的火漆印，上面的图案是两个抽象的小人。

这个火漆印章是宋执十岁生日时许秋雨给他做的，两个小人就代表着他们二人。

许秋雨将信封小心翼翼地拆开，拿出里面的信。

信上写着八个字：

不要相信梁缘的话。

一种难以言喻的恐惧感瞬间涌上心头，寒意从他的脊椎蔓延至四肢百骸。

宋执为什么要留下这封信？信中的话又是什么意思？

许秋雨感觉自己坠入了一个巨大的谜团中，种种迹象都令他毛骨悚然。

他匆匆吃完早餐，往学校走去。

陷在喧闹中，被来往的人流裹挟着前行，他的脑中仍然是宋执留下的那句话。

突然，不远处有两张熟悉的面孔映入眼帘——

宋安抱着宋执的遗照，神情悲痛地站在校门口。

李秋华穿着黑色的长裙，跪在地上，每见到一个学生就拉住他："你知道宋执吗？能不能告诉我是谁在欺负他？"

李秋华头发凌乱，眼下一片青黑，形容枯槁："我的儿子被欺负了，老师为什么不管啊？"

她一边流泪一边朝着来往的人流磕头："求求你们，告诉我，求求你们。"

很快校长就跑了过来："你们有完没完！如果再影响我校学生，我就要报警了！"

"你报啊！"李秋华似是崩溃了，她嘶吼出声，"我只想知道我儿子在学校到底发生了什么！"

她站起身，死死地盯着校长，激动道："你作为校长，非但没有履行好庇护学生的职责，反而放任我的儿子一直被同学欺凌！你不配为人师表！"

保安看到李秋华靠近校长，立刻涌了上来，将李秋华和宋安拉开。

许秋雨想上前帮助李秋华和宋安，但他又想起宋安说过的话——

"都是你蛊惑了他！你怎么这么恶毒啊！"

"我们全家都不想见到你。"

许秋雨上前的脚步顿住了，他的双手在攥紧后又缓缓松开，最终他还是转身，向学校里走去。

校门口宋执的照片还挂在表彰墙上，已经被太阳晒得发黄。照片下贴着一句话：恭喜我校宋执考取640分的高分，成为海镇今年的文科状元。

照片上，宋执似乎有些畏缩，他佝偻着脊背，怯懦不堪地看向镜头，像舞台剧中引人发笑的滑稽小丑，被定格在了可笑的瞬间。与从前那个神采飞扬的少年判若两人。

许秋雨不忍再看，他将视线移开，往教学楼中走去。

七点已经开始早读了，琅琅的读书声从某个班级中传来："蜀道之难，难于上青天，使人听此凋朱颜！连峰去天不盈尺，枯松倒挂倚绝壁。飞湍瀑流争喧豗，砯崖转石万壑雷。其险也如此，嗟尔远道之人胡为乎来哉！"

听到这首诗，许秋雨的双腿仿佛灌了铅般怎么也走不动。

他扶着扶手，咬牙往上爬去，才几步路就已经难以喘息。

他仿佛能看到宋执曾千百次在这条楼梯上行走，与自己擦肩而过。

他突然觉得心脏一阵阵地抽痛起来，痛不欲生。

“同学，已经在早读了，你怎么还不回班上？”一个老师经过，疑惑地望着许秋雨。

许秋雨紧攥着双手：“老师，我是毕业生，来找班主任林向善。您知道他在哪儿吗？”

“林老师啊，他就在五楼的办公室里。”老师看着许秋雨的脸色，担忧道，“你要不要去医务室看看？你的脸色看起来有点差。”

许秋雨摇了摇头：“刚刚跑狠了，有点喘，谢谢老师。”

老师点了点头：“那好的，同学你快先去休息一下吧，我去上课了。”

“好的，老师再见。”

在目送老师离开后，《蜀道难》的朗读也结束了，许秋雨逐渐回过神来，往五楼走去。

办公室中，林向善正在清理桌上的东西。

“林老师。”许秋雨叫道。

林向善抬起头，在看到许秋雨后愣了愣，随即笑道：“许秋雨，你回国了？”

许秋雨点了点头：“前几天刚回来。”

林向善戴着一副金丝眼镜，穿着一身运动服，裸露在外的肌肉十分明显，看起来很有活力：“在国外还好吗？”

“挺好的，考了一个不错的大学。”

林向善拍了拍许秋雨的肩膀：“不错啊，今天是来看老师的？”

许秋雨撒谎道：“是的，也是替宋叔叔来取宋执的遗物。”

林向善错愕道：“啊？宋执没什么遗物啊，就是一些学习资料，他爸爸说不要了，不想再睹物思人。”

许秋雨一愣，只能硬着头皮编下去：“宋执的父母前段时间忙于葬礼，心力交瘁，无暇顾及其他才那样说；如今一切结束，他们很思念宋执，才又想起来，拜托我来取他的遗物。”

林向善点了点头，不疑有他：“也是，哪有父母不思念孩子的。”

林向善从桌子底下取出一个箱子，放到桌上：“宋执的所有资料都在里面。”

许秋雨问道：“林老师，宋执的那封承认自己修改同学试卷的信，您还有印象吗？”

“哦，那个啊，我记得是放在我这里了。”林向善从落了灰的纸张中抽出一张纸，递给许秋雨。

纸张已经泛黄，皱巴巴地展现在许秋雨面前：

林老师：

对不起，我不该改了同学试卷的答案。这一切都是我的错，我愿意请辞班长的职务，求您不要和同学们说这件事。

宋执

字迹很像宋执的，但绝对不是他的字。

许秋雨忙向林向善道："老师，这不像是宋执的字。"

林向善抽出一张考卷，对比着信件疑惑道："怎么不像？这不是一模一样吗？"

许秋雨摇头道："宋执从小就练习毛笔字，他酷爱王羲之，经常会模仿王羲之的字体。你看，像信里的"和""是"两个字，他绝对不会这样写。"

林向善挠了挠头："是吗？"

"是不是有人在陷害宋执？"许秋雨问道。

林向善抿了抿唇："不知道，但现在再探寻这些已经没有意义了，大家都毕业了，宋执也去世了。"

许秋雨沉默地点了点头，不再多言。

"不过宋执是我做班主任以来带过的最有问题的孩子了，打架斗殴，伤害女学生，成绩一塌糊涂，也不知道他高考是怎么考的，居然能考那么高的分数。"林向善摇头叹息道。

"宋执真的伤害顾新月了吗？"许秋雨问道。

林向善沉重地点了点头："那晚我看到顾新月躺在树丛中……"

2019年3月12日。

初春的晚风是温柔的，风轻轻吹过林向善的脸颊，他轻声哼着歌准备离开学校，却在经过后山的小树林时听到了细微的哭声。

他赶紧往树林深处走去，只看到顾新月身上只盖着一件校服，裸露在外的肌肤上全是青紫的痕迹。

她面色苍白，嘴巴干裂，睁着绝望的双眼，看着被浓雾遮盖的月亮。

“顾新月！”林向善冲向顾新月。他颤抖着双手，不敢触碰眼前伤痕累累的女孩。

他愤怒地问道：“是谁干的！”

眼泪从眼角滑落，顾新月的双唇微颤：“是……是宋执……”

忽地，一阵窸窸窣窣的声音传来，林向善顺着声源处望去，却看到了宋执惊愕的双眸。

林向善咬牙高喊道：“宋执！”

林向善的高喊声将宋执从呆愣中扯出，他踉跄一步，转身便往树林外跑去。

学校办公室中。

一束阳光透过窗子照进来，细小的灰尘在阳光下飞舞着。

林向善叹了口气：“顾新月亲口说加害者就是宋执。宋执估计是心里有愧，还返回来看顾新月，结果看到我在立刻就跑了。”

听到林向善的亲口指认，周围的空气仿佛都沉默了。许秋雨不可置信地看着林向善，半晌才缓过神来：“林老师，那您知道顾新月现在在哪儿吗？”

“不知道，平时我也只能和顾新月电话联系。顾新月的妈妈已经换了手机卡，我联系不上了。”林向善答道，“顾新月被宋执伤害后，就休学了，但学籍还在我们学校，除了高考前拿准考证外我就没再见过她了。”

许秋雨思考了一会儿：“老师，您能不能把手机借给我？”

林向善疑惑道：“怎么了？”

“我的手机没电了，想打个电话给我妈妈，跟她说我晚点回家。”许秋雨真诚地看着林向善，觉得自己的撒谎技术已经可以做到不用再打腹稿了。

林向善从口袋里掏出手机，递给许秋雨。

许秋雨走出办公室，单手搭在栏杆上，拨通顾新月的电话。

很快，对方就接通了：“林老师，有什么事情吗？”

“顾新月，我是许秋雨，”许秋雨用近乎哀求的声音道，“我真的不相信宋执会做出伤害你的事情，求求你告诉我真相可以吗？”

顾新月沉默了片刻，就在许秋雨以为电话已经被挂断时，她突然开口道：“我也不知道为什么会发生这样的事情，但伤害我的人确实就是宋执。”她的声音很轻柔，“我想可能是因为他有精神疾病吧。”

“你是说抑郁症吗？”许秋雨问道。

“我不清楚，何多的父亲是精神病院的医生，何多说宋执高二那年的寒假在他爸工作的精神病院里住过院。”顾新月叹了口气，“如果没有别的事情，我就先挂了，我不想再提这件事了。”

话罢，她挂断了电话。

许秋雨把手机还给林向善后，整个人都是恍惚的，他感觉自己仿佛正透过一层透明的玻璃罩看着眼前的世界。

周围的蝉声吵得许秋雨心头一阵烦躁，他想起十年前在离开防空洞后，宋执真的兑现了对他的承诺，不再有人敢欺负自己，只是从那以后宋执的脸上总会出现许多伤口。

那天如同今日一样，正值盛夏，蝉声喧闹。

宋执站在小卖部的门口，手里拿着一根冰糕，倚在单车旁，脸上的伤口却挡不住他的意气风发。

他眉眼一弯，笑得灿烂：“许秋雨，我刚刚替你出头的样子是不是很帅气？”

许秋雨着急道：“可，可是，你，你受伤了，你的哮喘也发，发作了。”

宋执从小就有哮喘病，虽然已经控制得很好了，甚至可以上体育课，但在剧烈的运动后还是会发作。

“没关系，我不怕这点小伤，而且我有治疗哮喘病的药，喷一下就好啦！”宋执揽过许秋雨的肩膀，“等我长大当了律师，谁再敢欺负你，我全给他们送进警察局里去。”

他们相视一笑，风吹过树梢，掀起纯白校服的一角。

砰的一声，手中的纸箱落在了地上，巨响将许秋雨从回忆中拉了出来。

许秋雨想起宋执的遗书——顾新月，我不恨你，我知道你一定有难言之隐，你只是做了一个自己认为正确的决定。

如果宋执真的是加害者，他不会写下这样的话。而且想做律师的宋执绝对不可能做这样的事情。

许秋雨感觉一股凉意从脚底钻上来，宋执的事情越查越令人心惊，其中的牵连纠葛仿佛一个旋涡将他拉扯进去，越陷越深。

“啊！”

忽地，一声惊呼引起了许秋雨的注意，他看到一群学生正指着一栋教学楼，捂嘴高呼。

顺着他们的指向望去，只见一个穿着黑衣长裙的女人正站在天台边缘，她颤巍巍地跨过了围栏。

女人的不远处，一个黑衣男人伸着手，正对着女人说些什么，可女人却毅然决然地转过头，纵身一跃，从空中坠了下来。

阳光照在她的身上，大地盛放了一朵血红的花。

许秋雨这才反应过来，跳楼的人是李秋华。

第七章　第二封信在哪里

也许找到了第二封信，就能揭开真相。

警戒线围住了李秋华坠落的地点，白色粉笔线勾勒出她死亡时的样子，扭曲而破碎。

因为这起事件，三中提前放学，全校师生都在半小时内陆续离开了学校。

李正穿着深蓝色的警服，站在李秋华跳楼的地点。

“李正，有人录下了李秋华跳楼前的视频。”同队的警察将手机递给李正。

画面中，李秋华几近崩溃，她一边哆嗦着一边念着宋执的名字，奔向天台的边缘。

赶来的宋安焦急道：“秋华，你在干什么？”

李秋华悲痛地看着宋安，眼泪从眼眶中滑落：“老宋，他们都在骂我和阿执。”

她的眼圈乌黑，面色苍白，嘴唇近乎干裂，像一朵破败枯萎的花：“他们说我不配做母亲，说阿执死有余辜！”

“秋华，别听网上那些人瞎说，他们什么都不知道。”宋安一步步靠近李秋华，汗水布满了他的额头，他焦急道，“听话，先到我这边来。”

李秋华摇头痛哭道：“老宋，我想阿执了，他一个人在地下肯定很孤单很害怕，他一定想妈妈了。”

宋安察觉到李秋华的言外之意，忍不住流下了泪水：“阿执已经死了，可你要活着啊！我不能再承受失去你的痛苦了！”

李秋华的眼泪如断了线的珠子般落下，她一边摇头一边转过身，颤抖着跨过围栏。

见状，宋安立刻冲向前：“秋华！”

面对着一碧如洗的天空，李秋华仿佛在天幕上看见了什么，她扯了扯嘴角：“别怕，妈妈来陪你。”

话罢，她往前迈了一步，消失在画面中。

李秋华的死在网络上掀起了轩然大波，有人上传了李秋华临死前的视频，大家才知道她是因为宋执的死以及网暴而自杀的。警方拘留了几个辱骂李秋华且点赞数最高的网友，其他网民担心引火上身，纷纷删除了自己的留言。

许秋雨花了两天时间才从目睹李秋华坠楼的阴影中走出来，同时李秋华的死也让他愈加想要查清宋执的死亡真相。

他通过王宁找到了何多。

此时，他正站在何多的家门口，打好腹稿后便按响了门铃，很快，一阵脚步声从门后传来。

何多打开门，在看到来人后疑惑道：“许秋雨，有什么事吗？”

许秋雨问道：“何多，我听说宋执曾在你爸爸工作的精神病院里住过院，可以和我说说是怎么回事吗？”

何多似乎并不想请许秋雨进屋聊，他一手握着门把手，好像在提防着许秋雨：“我和宋执不熟，不清楚发生了什么。如果没什么其他事情，我就先回屋了。”

他作势要关门，许秋雨赶紧拦住他：“那你知道是谁在欺负宋执吗？”

何多连忙摇头，似乎很恐惧聊到这个话题，语速急促道：“我不知道。”

许秋雨记得何多曾在学校里低价卖东西赚钱，便拿出“撒手锏”：“我可以给你报酬，你能不能……”

许秋雨话还未说完就被何多的关门声打断，砰的一声巨响隔绝了他的声音。

线索再次中断，许秋雨感觉十分无力，扶着门框缓缓坐下。

过了一会儿后，他长舒了一口气，拿出手机，给王宁发消息：王宁，这几天还好吗？

王宁秒回道：（笑脸）挺好的呀。

许秋雨：最近有空吗？

王宁：当然有。

对方显示正在输入中，许秋雨认为基本的寒暄已经到位，便抛出心底的问话：你知道是谁在欺负宋执吗？

这句话一发出，回复立刻断了，等了许久，对方都没有回应。

许秋雨急切地说道：拜托，王宁，这件事对我很重要。

过了一会儿，王宁回复道：许秋雨，最近网上的事情你也看到了，我实在不好评论和宋执有关的事情，抱歉。

许秋雨这才明白，是因为网暴事件，所以他们才噤若寒蝉。

许秋雨颓丧地回到家中。

客厅里，楚媛正在看电视，电视上在播放《快乐大家族》的综艺重播，主持人正在谢幕："如果你快乐的话要看快乐大家族……"

"回来了？"听到开门的声音后，楚媛放下遥控器，望向许秋雨。

许秋雨点了点头，他走到阳台上，将双臂交叠搭在围栏上，循着光向天边望去。

此时太阳已落至地平线处，一片极美的霞光染红了半边天空，像燃烧着的橘色的海。

许秋雨喃喃道："快乐……"

记忆跌入晚霞，过往的种种涌入脑海，他想起初中时自己曾因考试成绩太差而难过，宋执为了逗他笑，给他表演了一个魔术。

临近黄昏，月亮已经挂上了浅蓝色的天空，他们在放学后走向平澜广场。

偌大的广场中央有着十几个出水口，以前每天都会喷出水柱，但后来因为光顾的人太少，喷泉已经停开很久了。

宋执穿着纯白的校服，微长的刘海搭在眉毛上，一双眼睛映着黄昏的光晕。他看了看手表上转动的秒针，说：“许秋雨，我给你变一个魔术，魔术成功的话，你就大笑一声，好不好？”

许秋雨抿了抿唇，他还沉浸在考试失利的悲伤中：“什么魔术？”

那时候，许秋雨已经在宋执的帮助下成功治好了结巴，也不再肥胖。他身穿白色校服，身形修长，眉眼深邃而干净。

宋执抬手盖住许秋雨的眼睛：“闭上眼睛，倒数三秒，魔术就会出现。”

手拿开后，许秋雨也依言闭上了双眼。

宋执的声音传来：“三。”

宋执拉住他开始奔跑起来。

七月的风吹过少年的衣角，许秋雨感觉疲惫的身躯突然变得轻盈起来，他好像被什么东西托住了一般，似乎下一秒就能飞起来。

“二。”

周围的一切都安静下来，他只能听到风与自己心跳的声音。

“一！”

宋执的脚步缓缓停下，许秋雨也随之驻足。

虫鸣起伏，树叶在风的吹动下簌簌作响，暮归的鸟儿拍打着翅膀掠过，行人的脚步轻响，广场开始热闹起来。

一个响指在耳边打响，宋执轻声道："睁眼。"

许秋雨睁开双眼，一瞬间，十几个水柱一齐冲上了天空，五颜六色的水雾在空中弥散开来。夕阳照耀在水柱上，洒满了碎金般的光芒，整个广场都笼罩在橙红色的霞光之中，温柔而灿烂。

宋执望向许秋雨："怎么样？魔术成功吗？"

许秋雨愣愣地点了点头，呆呆地望着眼前的盛景。

许秋雨回到家后才知道，那天是海镇的水节，平澜广场的喷泉会在当日晚上六点准时开放。所以不管发生什么，他都会给自己表演这场"魔术"。

"咚咚。"

敲门声打断了许秋雨的回忆，他走到玄关处，打开门，看到一个穿着黄色衬衫的陌生男人。

男人问道："是许秋雨家吗？"

许秋雨点了点头："是的，我就是许秋雨，你是？"

"我是快递员，"男人从包里拿出一封信，"一个叫宋执的人给你寄了一封信。"

许秋雨一愣，接过信件："什么时候寄的？"

"6月16日。"

是宋执死亡的两天前。

"定时寄送，配送时间就是今天。"男人将包扣上，"没什么问题的话，我就把订单信息改成已签收了。”

“好的，谢谢。”许秋雨感谢了这个男人后便关上门。

许秋雨急切地将信件拆开，看到白色的纸张上写着一句话：

许秋雨，你应该从上一条线索那里得知了部分事情的真相，我相信你一定会为我洗刷冤屈。

看到这句话，许秋雨的面色唰的一下就白了，他的双眸不自觉地放大，心脏控制不住地狂跳起来，就连牙齿都开始打战。

一股凉意从脚底升起，接连的两封信让许秋雨做出了一个可怕的推测——

宋执在死去之前，留下了这些信件，他相信自己一定会弄清他死亡的真相，甚至已经猜到了自己调查的过程，所以按时间留下了不同的线索。

这个猜想让许秋雨惊愕不已，随即一阵酸楚席卷而来，眼眶一热，泪水猝不及防地落下。

“秋雨，你怎么了？”

楚媛看到许秋雨无声地落着泪，忍不住上前抱住了他。

许秋雨摇了摇头，声音带着哭腔：“没事，宋执给我留了一封信，我……”

他似是说不下去了，声音被哽咽代替。

楚媛轻轻拍了拍许秋雨的后背，她不知道该如何安慰失去了最好朋友的许秋雨，只能将自己的怀抱留给他，让他可以好受一些。

半晌，许秋雨止住了哭泣，他抱了抱楚媛：“妈，我好些了，谢谢你。”

“乖孩子，跟妈妈这么客气干嘛。”楚媛松开了双手，揉了揉许秋雨的脑袋，“工作上出了点事情，我要先去处理一下。冰箱里有我包的饺子，你要是饿了就煮了吃。”

“好。”许秋雨点了点头，目送楚媛离开。

等门被关上后，许秋雨再次拿起那封信，仔细阅读宋执留下的每一个字。

他不禁产生了疑惑——

上一条线索是哪一条？不要相信梁缘的话吗？

但这说不通啊，没有前后关联，自己不可能从第一封信中得知部分事情的真相。

那只有一个可能……

宋执肯定没有推测到网暴事件对自己调查的影响，导致自己因为李秋华的死而停止了调查，漏掉了宋执留下的上一条线索。

但上一条线索会在哪里呢？

假设，第一封信在他们高中时常去的小吃店，而这是第三封信，直接被寄到了自己家中，如果第二封信是要让他自己去寻找的话，那应该也在他们曾经常去的地方！

许秋雨连忙冲出家门。

他打了一辆车抵达“城市英雄”电玩城，那是一家小电玩城，设备很少，大多已经老旧了，但他和宋执从小就在那里玩，对它很有感情，就连上了高中后都会经常约着一起到那里玩耍。

许秋雨每次出手都挺大方，一买就是100元钱的电玩币。老板对他和宋执也很熟稔，虽然没有送过他们电玩币，但每次见面都会寒暄几句。

他走过门口的投篮机，仿佛能看到儿时的自己和宋执在那里踮着脚投球。

胖胖的许秋雨总是累到汗流浃背了也投不进去几个球，此时宋执就会教他："双手持球放于胸前，"看到许秋雨的姿势不标准，他就会轻轻拍一拍许秋雨的手肘，"手肘太紧张了，自然下垂就好。"

许秋雨连忙放松手肘，努力按照宋执的要求改变姿势，但"宋老师"总有不满意的地方。

宋执看向许秋雨的双脚："双脚前后分开站立。"

许秋雨像一个笨拙的初学者，努力跟随宋执的指令改变姿势。

宋执拿起一个球，做出和许秋雨一样的姿势："等会儿投球时手腕像这样外翻，拇指压球，中指拨球，脚跟提起，将球从手心里送出去就好啦！"

话罢，他手中的球飞了起来，在空中划出一道漂亮的抛物线，落入篮网之中。

许秋雨学着宋执的样子也抛出一个球，但球不偏不倚地撞在了篮筐边缘，弹出了投篮机。

宋执小跑过去，将球捡起。他看着许秋雨颓然的样子，便鼓励道："没事的，我们再多试几次。"

现在的他已经很会投篮了，只是曾经教他的宋执却不在了。

穿过电玩城的大厅，许秋雨似乎能看到两个小小的虚影在里面奔跑，他们时而跑到冰球桌旁，比赛谁的冰球先进入对方的框中；时而坐在金币台前，傻乎乎地将电玩币一个一个地投进去，为当天的运气投下赌注，看能用十个币换取更多还是更少的钱币；又或者坐在电玩摩托上，看谁能先一步抵达赛道的终点……

“许秋雨？两年没见了，你去哪儿了？”

忽地，一个熟悉的女声吸引了许秋雨的注意，他顺着声音望去，看见了柜台前的老板。

她的嗓门仍旧那么大，脸上也留下了一丝岁月的痕迹。

许秋雨答道：“我出国了。”

老板憨笑道：“国外好呀。”她问道，“今天是来玩的吗？要买几个币？”

许秋雨摇了摇头：“老板，我来是想找宋执留下的东西。”

老板一愣：“什么东西？”

“宋执没有在您这里留下什么吗？”许秋雨急切地比画道，“比如一封信。”

老板摇了摇头：“他已经很久没来过这里了。”

不是这里……

许秋雨的眸子瞬间黯淡，他谢过老板，走出电玩城。

外面的天色已经暗了下来，但城市的灯海已然亮起，熠熠如昼。纵横交错的街道上来往的行人摩肩接踵，许秋雨穿梭在人流中，神色茫然。

不在电玩城，会在哪儿呢？

小时候常去的地方还有哪儿？

他突然想起了海镇二中的天文馆——

许秋雨的姨妈是二中的老师，以前经常会带他们到天文馆里玩，或许信就在天文馆里。

第八章　毁灭与重生

你之前不是一直不相信两个人的心可以重合为一吗？
现在全宇宙都在见证这两个灵魂互相碰撞的时刻，
双中子星将会在宇宙中合二为一，那会是最美丽的毁灭与重生。

在去往天文馆的车上，许秋雨想起自己和宋执最后一次到天文馆的情景，那是2017年10月4日，中子星撞开了天文学新纪元的大门。

幽静的夜晚，凉风习习，涤荡了白日的疲惫，细碎的星子如流沙般铺在夜空之上，圆月嵌在天宇中，散发着淡淡的光芒。

二中的天文馆外，保安手里的电筒光轻轻晃过墙壁，很快便照向别处。许秋雨和宋执在黑暗里猫着身子，偷偷翻墙进入天文馆中，跑到天台上。

宋执调整好天文望远镜后朝许秋雨挥了挥手："快来看！中子星要相撞了！"

两张脸立刻凑在一块儿，望向小小的镜孔。

只见无垠的宇宙中，浩瀚的星海如河流般蜿蜒流淌。两个城市般大小的星球在缓缓靠近，如同两位翩跹舞者，在星海边缘的黑暗中，围绕彼此，旋转不休。

宋执轻声道："许秋雨，你之前不是一直不相信两个人的心可以重合为一吗？”他笑了笑，“现在全宇宙都在见证这两个灵魂互相碰撞的时刻，双中子星将会在宇宙中合二为一，那会是最美丽的毁灭与重生。”

话罢，镜孔中，两颗中子星相撞，在耀眼的光亮里，一颗新的天体渐渐生成。

许秋雨被眼前的画面所震撼，一句话都说不出来。

“到了，一共十八块五。”

司机的声音打断了许秋雨的思绪，他扫码付钱后便下了车，赶往二中的天文馆。

天文馆的保安亭是锁着的，亭内的保安靠在椅背上，双脚搭在桌子上，已然酣睡。

许秋雨敲了敲窗户，鼾声顿敛。

保安睁开眼睛，不耐烦地看向许秋雨，打开窗户。

被人突然吵醒，他语气烦躁：“什么事？”

眼前的保安已经不是曾经熟悉的人，许秋雨道：“你好，我叫许秋雨。请问有没有一个叫宋执的人来过这里？他应该给我留下了一封信。”

听到许秋雨的话，保安皱紧了双眉，朝他挥了挥手：“没有没有。”他关上了窗户，小声嘀咕道，“真没眼力见儿，打扰人睡觉。”

许秋雨失望地低下头。

也不是这里……

会在哪儿呢？

“铃铃。”手机铃声忽然响起，屏幕上出现母亲的手机号码，许秋雨连忙接起。

手机那头传来楚媛的声音：“秋雨，你现在有时间吗？有一个员工家里出了点事情，要提前走，咖啡厅里忙不过来。你过来帮帮妈妈，可以吗？”

楚媛自从离婚后，便用大部分存款在二中附近开了一家咖啡厅，一直经营得不错，这些年赚了不少钱。

许秋雨突然想起，咖啡厅里有一面墙壁，墙壁上贴满了客人所写的便利贴。

他想，或许宋执留下的线索就在便利贴上。

他连忙转头，跑向附近的美食街，很快便看到不远处的咖啡厅。

咖啡厅里亮着灯，里面零零散散地坐着几位客人。

许秋雨这才明白，妈妈并不是想让他来帮忙，而是看他心情太差，想让他转移一下注意力，散散心。

他踏入咖啡厅中。

里面的客人或拿着喜爱的书籍，一边喝着咖啡一边读书；或点了一样甜品，和朋友边吃边聊天；又或是借着咖啡厅的优美环境，拿着手机自拍……

楚媛站在糕点制作区，穿着围裙，戴着手套，正在给慕斯蛋糕挤奶油。

“妈，六月份的时候，宋执来过咖啡厅吗？”许秋雨将双手搭在蛋糕展示柜的透明玻璃上，着急地问道。

楚媛思考了一会儿：“我不是每天都来店里，不确定他有没有来过。”楚媛把刚做好的慕斯蛋糕摆在盘子上，递给他，“把草莓慕斯递给三号桌的客人。”

许秋雨点了点头，顺从地接过蛋糕，端到读书的女人面前。

做完楚媛吩咐的事情后，许秋雨便走到留言板前，搜寻每一张便利贴，上面有人写着：要天天开心哦；感恩，孩子如愿上岸；祝我今天表白成功……

唯独没有看到宋执的字迹。

楚媛已经脱下了手套和围裙，走向许秋雨："在看什么呢？"

许秋雨问道："妈，留言板换过吗？"

"一周前刚换的，怎么了？"楚媛答道。

闻言，许秋雨立刻走向仓库。

楚媛很爱惜客人们的留言，每当留言板满了后她都会将这些便利贴一张一张地撕下，再订在一起，放入一个铁盒子里。

许秋雨打开放铁盒子的纸箱，找到贴有"2019年6月"的盒子，打开它，在一百多张便利贴中找到了一张写着一串奇怪符号的便利贴。

16@5#14！7$25^15&21*3（8）5-14+7

便利贴的右下角写着落款时间：2019.6.15。

他一眼便知道这一定是宋执写的。

他小时候常常和宋执写信，但写出的信件总会被同龄人和大人看到，从而备受嘲笑。于是宋执发明了一种写法，用数字代表二十四个英文字母，其他的符号则用作隔开每一个字母。

只要去掉这些符号，剩下的数字便对应每一个字母，16代表“p”，5代表着“e”，14代表着“n”……以此类推，他将所有字母拼了出来，得出——Pengyoucheng。

他意识到这应该是一个人名，但他搜寻全部的记忆，都想不起来这个人到底是谁。

他打电话给王宁，很快电话就接通了，听筒里传来对方欣喜的声音。

许秋雨每次和王宁联系都是有求于她，这让许秋雨生出一种强烈的负罪感，于是他下意识地道歉道：“王宁，不好意思，请问你知道一个叫彭友成的人吗？或者是彭优呈，或者只是改变读音，这几个字不变。”

王宁回答道：“你说的是彭有成吗？二班的书呆子呀。”

许秋雨点了点头：“应该是他，名字是哪三个字？”

“彭就是那个右边有三撇的姓氏，有是‘有什么’的有，成是‘成功’的成。”王宁顿了顿，问道，“还有什么事吗？”

许秋雨请求道：“王宁，你能不能再帮我一个忙？”

王宁狐疑道：“什么忙啊？先声明一下，和宋执有关的事情，我可不帮哦。”

许秋雨的笑容僵在脸上，他撒谎道：“我表妹在日记上写满了彭有成名字的拼音，我想打听一下这小子的地址和手机号码。”他请求道，“你能不能帮帮我？”

王宁笑了笑：“好呀，不过你要怎么谢我啊？”

许秋雨答应道：“你说怎么谢，我就怎么谢。”

王宁欣喜道：“好耶！那你等我的好消息。”

话罢，王宁便挂断了电话。

电话挂断后许秋雨便缓缓收回笑容，登上浏览器，输入关键词：彭有成，海镇三中高三二班。

出来的第一条结果就是一篇新闻报道：曾经的奥数天才，如今的二本“蠢材”？

许秋雨点进去看，发现这篇报道的前半部分都在竭力夸赞彭有成的聪慧，并写到他多次拿下奥数比赛的冠军。后半部分写的则是彭有成高考失利，分数只刚刚过了二本线。昔日的天才如今变成了“蠢材”，让人唏嘘不已。

报道的最下方附上了彭有成高三拿奖时的照片——他的头发柔顺地搭在额头上，一双眼睛里满是笑意，五官端正，脸颊饱满，皮肤白皙。

许秋雨退出新闻，在网页上继续翻找，发现了彭有成的微博。

他的博文几乎都是转发的学习资料以及考试心得，偶有书写自己的心情，也都是和考试有关的内容，比如——今天的考试题目很简单，但我却犯了一个低级的错误，将其中一个步骤算错了，真可惜；这次的考试题目很难，我没有发挥好，名次掉到了全年级第五，父亲很生气，三天都没有理我……

他浏览最新发布的内容，发现所有的博文都截止在今年的3月12日，那天早上彭有成转发了一则读书笔记后就再也没有发布过任何信息。

许秋雨退出微博，在网页上搜寻彭有成的其他社交平台，发现不论是QQ空间还是小红书，他的所有消息都止于3月

12日。

而3月12日就是顾新月被性侵的时间。

许秋雨更加怀疑，彭有成很有可能知道顾新月被性侵的真相。

他关闭浏览器，打电话给李正，很快对方就接通了电话："许秋雨？"他迅速反应过来，"是发现和宋执有关的线索了吗？"

"对。"许秋雨蹲在地上，望着仓库外斜洒入的光亮，认真道，"李警官，宋执分别在死亡的四天前、三天前以及两天前给我留下了信件，信里提到了他生前的冤屈，过几天如果您有时间，我想把这些信件交给您。"

"好，我最近在处理一个案子，处理完后我们见一面。"李正补充道，"我查了宋执火葬当日火葬场以及周围道路的监控，发现是一名女性将纸条放入了你的口袋。但监控视频不清晰，且对方戴着鸭舌帽没有拍到正脸，我无法确认她的具体信息。"

许秋雨皱了皱眉，表情严肃："您调查了海镇的文具店吗？"

李正答道："查过了，确定纸条上的文字贴纸来自三中学校里面的一家文具店。"他继续道，"你们高中一直都不允许外部人员进入，所以基本上可以确定给你送纸条的人是学校内的人。"

许秋雨郑重地点了点头："好的，谢谢李警官，如果有什么发现，我随时告诉您。"

"好。"李正挂断了电话。

酸麻的感觉从双腿传来，许秋雨强撑着膝盖站了起来，这才发现自己已经在仓库里蹲了半个小时了。

"咚咚。"

楚媛敲了敲仓库半掩着的门："秋雨，和我一起收拾一下，准备关门了。"

许秋雨跺了跺脚，跟上楚媛。

楚媛到餐厅中拿出一块湿布，递给许秋雨："最近在忙什么？准备什么时候回美国？"

许秋雨一边擦拭桌上的污垢，一边道："还没开学呢，我想在国内多陪陪您，八月底再回美国。"

楚媛叹了口气："我怕你待在这里触景生情。"她一边收拾着柜台上的物件一边道，"妈妈不想你难过。"

这些天儿子的表现她都看在眼里，她明白宋执的死对许秋雨来说是多大的一场打击，但她却没有任何办法，只希望许秋雨可以远离这里，暂时忘记宋执。

"妈，我记得外婆去世后你也很难过，那时候你总会一个人偷偷地流泪。我每次都说，妈妈，你别再待在房间里了，应该出去走走。你都说，我想一个人思念一下妈妈。"许秋雨觉得鼻尖有点发酸，"现在我也想思念一下宋执，您就满足我的心愿吧。"

楚媛一愣，眼圈突地发红："好。"

"铃铃。"微信的提示音传来，手机也跟着震动了一声。

许秋雨看到王宁发来了消息：许秋雨，我们运气真的超好！我跟你说，二班的班长是我闺密的闺密，我加了她，跟她说明了情况后，她马上就把彭有成的手机号码和地址发给了我。

电话是1871476×××4，地址是海镇梦铃路华源小区3栋。

许秋雨：（笑脸）王宁，真是太感谢你了！

王宁：（星星眼）明天有时间吗？

许秋雨：有，我请你喝奶茶。

王宁：好，明天见。

第九章　我们都生活在阴沟里，但仍有人仰望星空

我不能像他那样一直遭受欺凌，
我有我的人生，我还有光明的未来，
我不能永远像一只老鼠一样生活在阴沟里！

第二天许秋雨和王宁见面后，应她的要求陪她看了一场电影，请她吃了午餐。本来王宁还想和许秋雨去公园逛逛，但许秋雨借口要看外公，便于下午三点匆匆离开。

他尝试给彭有成打电话，但对方似乎不接陌生人的电话，他怎么打都打不通。

不知道彭有成家具体门牌号的许秋雨只能到他家附近蹲点，但迟迟没有见到彭有成。等了四个多小时的许秋雨异常疲惫，本想第二天再来的时候，却猛然看见彭有成从楼栋里走了出来。

许秋雨惊讶地发现，彭有成比照片里的样子憔悴了许多，面色青白，眼下一片乌黑，饱满的脸颊也凹陷了下去。他穿着长袖长裤，低着头，双手插兜，贴墙而走。

许秋雨正准备跟上他，却发现街道的另一头迎面走来了曹生、孙良和莫霆，便转身躲在了墙壁和路灯的夹角处。

曹生穿着一身黑衣，隐藏在夜色之中，他的手上仍然戴着那条红色的编织绳。

彭有成似是没看见他们，径直撞上了曹生的胸膛。他吓了一跳，立刻抬起头，在看到来人后，一边向后退一边结巴道：“曹生，你……你要干什么？”

曹生摸了摸手上的红色手链，肆无忌惮地邪笑了一下：“我听说你有个小青梅，叫赵欣欣，是吧？”

彭有成在听到这个名字后，双脚突然站定在原地。他努力抬起头，望向比自己高出许多的曹生，警惕道：“你想对她怎么样？”

曹生笑得恣意：“我看到她在酒吧跳舞了，身材不错。”他的表情突然一变，“可是吧，我给她打电话，她却不理我。”

“你说怎么办呢？”曹生低着头，望着眼前的少年，一脸疑惑的样子，看上去单纯又天真。

彭有成吞了吞口水，他微微张开双臂，努力让自己看上去强大一些。可在三个高大的少年面前，他却是显得那样矮小：“你想干什么？”

曹生笑出了声：“我就想要你把她约出来，让我和她认识一下。”

“你做梦！”彭有成甩下一句狠话后转头就跑，却被曹生一把拉住了后衣领，拖进了小巷里。

许秋雨从墙后走出，走到巷子口，隐蔽在黑暗里。他看到曹生一手拽着彭有成的衣领，将他抵在墙壁上，狠戾道：“不愿意是吧？”

他猛扇了彭有成一巴掌：“现在呢？”

许秋雨正准备上前，却听到彭有成用极其细微的声音放出狠话：“你再这样，我就把宋执的那件事情说出去！”

曹生一愣，随即笑得开怀：“毕业后长本事了？”

彭有成攥紧了拳头，他强装镇定地看着曹生，眼里却满是恐惧。

啪的一声，曹生再次狠扇了彭有成一巴掌，将他的头打偏了过去：“你有证据吗？况且宋执死都死了，我还怕什么？”

“宋执在网上的热度还没退，我可以把真相发到网上，让网友谴责你！”彭有成努力抬高声音，试图掩盖内心的害怕。

曹生一拳挥到彭有成脸上，将他砸倒在地，彭有成挣扎着想要起身，却被曹生死死压在了地上，接着，拳头如雨般落下。

许秋雨看不下去了，立刻打电话给李正，等电话接通后他立刻站了出来，对着手机高声道：“李警官，梦云巷发生故意伤人事件，请您快来。”

许秋雨将亮起的手机屏幕给愣住的曹生等人看，按下免提键，李正的声音便传了出来：“好，我马上出警！”

曹生从地上站起身来，冲向许秋雨，拽住他的衣领：“你小子！敢报警？”

“你现在是想打我吗？”许秋雨盯着曹生，在他面前晃了晃手机，镇定道，“警察马上就来了，你说他们是抓你还是抓我呢？”

“你……”曹生的话还未说完就被莫霆打断，他拽住曹生的手臂，劝阻道：“老大，警察马上就到了，我们还是先撤吧。”

曹生愤怒地指着许秋雨：“你给我等着！”

曹生将许秋雨摔在了墙壁上，转身离开了小巷。孙良和莫霆也跟上了他。

借着微弱的灯光，他看到彭有成的右眼已经肿了起来，嘴角也微微泛红，眼里满是恐惧。

许秋雨走向彭有成，想将他扶起，询问宋执的事。可彭有成却挣扎着自己站起，下一秒便朝着巷子外迅速跑去。他好像生怕许秋雨会追上自己，使出全力想要甩掉他。

许秋雨一愣，连忙追上去，却发现对方跑得极快，曾在田径队的许秋雨都追不上他，和他始终差着一米多的距离。

心脏急速地搏动起来，呼吸变得急促。

想要快速追上彭有成，只有一个方法——

许秋雨咬紧牙关，身子猛地往前一跳，拽住了彭有成的右臂，和他一起倒在了地上。

疼痛从双腿传来，可许秋雨却不管不顾地拉着彭有成。彭有成奋力甩手想要挣开许秋雨的束缚。撕扯之间，许秋雨的手滑到了彭有成的袖口，哧的一声，袖子被扯下。

月光下，白皙的手臂上有一块红得刺目的胎记。

宋执挨打的视频涌入脑海，在那个画面中，就是这只一模一样的手，扇了宋执32个巴掌。

许秋雨只感到血气瞬间上涌，怒火在胸口间升腾，似要灼尽他的理智。他抓住彭有成，涨红了脸，愤怒道："是你！是你打了宋执！"

一晚上接二连三受到惊吓的彭有成已经惊恐地流下了泪水，他看着许秋雨仇恨的目光，矢口否认道："我没有！"

许秋雨死死地扯住彭有成的衣领，神色极为难看："你撒谎！视频里的人手上有着和你一样的胎记！"

彭有成想起网上流传的视频，他知道自己已经瞒不过去了，只能承认道：“我不是故意的，是曹生他们逼我的！”

他还记得那是个雪天，是今年二月开学的第一天。

冬日的雪悄然而至，在空中纷飞如精灵舞蹈，缓缓坠落，最终沉眠于土地。

彭有成拿着书本，边走边背诗词，为即将要参加的摸底考试做准备。

他本来只是路过，却突然听到了少年的闷哼声。他转头一看，在小巷里，曹生正在欺负宋执。

一瞬的好奇让他驻足了几秒，可下一刻一个高大的阴影就笼罩住了他。

“哟，这不是二班的书呆子吗？怎么在角落里躲着啊？”曹生笑容可爱，嘴角的酒窝若隐若现。他的声音轻柔，可在彭有成听来却如恶魔的呢喃。

手中的书在惊惶中掉在了地上，心脏狂跳起来，彭有成恐慌地摇头：“不，不是，我什么都没看到！我只是路过！”

曹生笑了，他抬手在彭有成脸上拍了拍：“书呆子，我听说你很受女孩子欢迎呀？但看到你现在这个样子，我实在想不到你是用什么本事吸引了她们的注意。”

莫霆在旁边煽风点火道：“老大，我猜应该是他的身材很棒！”他出了个点子，“要不把他脱光了看看？”

曹生的眼睛一亮：“好呀！”

彭有成想跑，却被曹生一手拽住了后衣领。曹生眼神凶狠，怒声道："是你自己脱，还是我们帮你脱？或者你想像宋执一样？"

彭有成从没见过这样的阵仗，他哆嗦着身体，解开了羽绒服的拉链。

彭有成的双眸被一层雾气蒙上，他从未遭受过这样的羞辱。他很想反抗，但他害怕，害怕自己的下场和宋执一样。他最终还是低着头、颤抖着双手脱掉了毛衣。

"哈哈，老大，你快看，他的秋衣是粉红色的诶！"嘲笑声从莫霆口中传来。

寒意自领口灌进衣内，侵入肌骨，身上的毛孔瞬间紧闭，彭有成只觉一阵冷峭，仿佛光脚站在寒冰之上，刺骨的冷从脚底传来，简直要将他的灵魂与身体一起冻结。

他的灵魂逐渐游离，他感觉自己好像透过一个钥匙孔看着这个扭曲的世界。

曹生看着一动不动的彭有成："继续！"

不能脱，不能让他们看见自己的胎记。

他感觉自己正在从外向内地死去，眼前忽然模糊，只能看见破碎的雪花。

曹生朝莫霆和孙良看了一眼，他们迅速明白了曹生的意思，上前压住彭有成。

彭有成挣扎着大喊道："放开我！放开我！"

哧的一声，秋衣被扯了下来，手臂上的红色胎记展露在众人眼中。

“哟，是个怪物啊！”曹生讥讽道。

怪物，是个怪物！

彭有成觉得眼前一阵天旋地转，心口仿佛碎裂开来，怒意不可遏制地冲上头顶。他站起身来，想一拳打在曹生脸上，可父亲的话却再次爬上了耳边——

“有成，你一定会越过龙门，成为龙，光宗耀祖的！你现在最重要的事情就是高考，不要让任何人、任何事影响你的成绩，明白吗？爸爸毕生的愿望就是看你考上一所重点大学，你不要让爸爸失望。”

这些话仿佛在瞬间消去了他的满腔愤怒。彭有成看着地面，攥紧的双拳最终还是放开了。

痛苦仿佛潮水袭来，他努力地挣扎，直到耗尽所有的力气，最终不断下沉，沉入海底的深处。

梦铃路。

“是他们逼我的！我没有办法啊！”

此时，彭有成被许秋雨压在马路边，已经在崩溃的边缘。

他哭喊道：“我当时只是路过！是曹生把我拉进巷子，逼我脱掉了上衣，嘲笑我的胎记，还威胁我，说如果我不打宋执，他就要打我！我不想被打啊！”

许秋雨紧攥着彭有成的衣领，吼道：“这不是你打人的理由！你可以拒绝曹生，为什么要选择顺从！”

“我不能像宋执那样一直遭受曹生的欺凌，我有我的人生，我还有光明的未来，我不能永远像一个老鼠一样生活在阴沟里！”

许秋雨一愣，准备挥起的拳头又再次放下，他看着彭有成：“你说，宋执一直在遭受曹生的欺凌？”

听到这句话，彭有成也呆在了原地，恐惧瞬间席卷了大脑，他这才发现自己说漏了嘴。

第十章　一别人间，再无归期

宋执，我最好的兄弟，我很想你，
胸中千言汇此一句，只是你一别人间再无归期……

李正赶到现场时看到的场景是：许秋雨压在彭有成的身上，双手紧攥着他的衣领，朝着他不断嘶吼着，似是处在崩溃的边缘。

李正连忙上前将两个少年分开。

许秋雨在冷静下来后，将事情的经过一五一十地告诉了李正。

李正在看到彭有成脸上的伤痕后道："跟我回警局一趟。"

彭有成惊恐道："为什么？"

"让法医给你验个伤，结果出来后，应该能对曹生进行治安处罚。"

彭有成连连摆手："不，不用了，我已经原谅曹生了，我不报警。"他一边后退一边道，"李警官，如果没什么别的事，我就先回家了。"

李正叫住彭有成："站住。"他问道，"你说曹生一直在欺凌宋执，这是怎么回事？"

彭有成吞了吞口水，他知道在警察面前撒谎只是徒劳，况且刚刚他已经说漏了嘴，现在只能说出实情："高二下学期的时候我看到曹生经常欺负宋执，有时候是打他，有时候是把他关在厕所里。"

听到这句话，许秋雨的脸色铁青，他压抑着不断累积的愤怒，质问道："你都看到了，为什么不帮他？为什么不告诉老师？"

彭有成苦笑一下："有用吗？帮他，我就会被打；告诉老师，老师顶多批评教育他们一下，我最后还是会被曹生他们报复，结果都是一样的。"

许秋雨感觉自己被一股莫大的悲哀包裹着："难道就没有一个人帮他吗？"

彭有成摇了摇头："没有，没人敢帮他。"

那一刻，许秋雨仿佛看到一个画面——宋执摇摇晃晃地走在钢丝上，周围大雾弥漫，他什么都看不清。他只能一个人张开双臂，保持着平衡，向没有光亮的前方走去。

疼痛攥住了心房，许秋雨感觉心脏一阵抽痛，喉咙哽塞。他努力控制住自己的情绪，深吸一口气："那顾新月的事情呢？"

彭有成的表情一变，眼中闪过一丝恐慌："我不知道……"

李正注意到彭有成表情的变化："如果你不说出自己知道的事情，我就会把你殴打宋执的事实上报。"他盯着彭有成，"你是选择在这里说，还是在警局说？"

彭有成被李正的话吓住了："我说，我说……"他长舒了一口气，声音逐渐变小。

2019年3月12日，晚自习时，彭有成在小树林里执勤。

所谓的执勤就是清理树丛里的垃圾，他不想把时间浪费在这种无聊且毫无意义的事情上，想着反正第二天也会有人来清理，便拿出了练习册，躲在一棵树后做题。

进入做题的心流状态后，彭有成仿佛入定了一般，听不到下课铃声还有学生离校的喧哗声。等做完了手上的练习册后，已经是晚上十点了。

他合上书本，正准备离开，却听到一个少女的叫喊声："放开我！"

彭有成微微侧过头，看到不远处的草丛里，一个男人将顾新月压在了地上，从口袋里拿出胶布封住了她的嘴唇："嘘，别说话。"

男人将顾新月的衣服扯下，实施了侵犯。

顾新月的哭声不断撞击着彭有成的耳膜，他感到一阵恐惧，浑身僵硬。

小虫不断叮咬着彭友成裸露在外的皮肤，但他却吓得坐在原地，一动不敢动，更不敢发出声音。

彭有成是个"好学生"，他没有想到，有一天自己会如此直接而又恐怖地接触到性。

不知道过了多久，男人站起身来。彭有成虽然想看清他的样子，但那个男人很快就背过身去，压着声音说道："等会儿应该就会有巡视的保安过来，如果他问起是谁干的，你就说是宋执。”他蹲下身子，看着顾新月，“如果你不说是他，或者把我供出去了，我就继续像刚刚那样做。”

他轻笑一声，威胁道：“距离高考还有三个月，你知道背叛我的后果。”

顾新月被堵住的声音变成了哀泣，眼泪从她的眼角滑落。

男人满意地看着顾新月痛苦的样子，拍了拍她的脸：“明白了吗？”

话罢，他慢悠悠地离开了现场，双手在学校的围墙上一撑，跃出了学校。

“宋执没有伤害顾新月，3月12日晚上，我就在小树林里，我听到了顾新月和那个人的对话，那个人威胁顾新月，让她说是宋执伤害了她，否则他就会继续这样对她。”

此时，彭有成颓丧地低下了头，说出了一直隐藏在心底的秘密。

“那个人是谁？”许秋雨问道。

“不知道，我只看到了他的背影，体型和宋执不一样。”彭有成答道，“我一动也不敢动。”

“学校的监控呢？没有拍到吗？”许秋雨急切道。

“小树林里没有监控。”彭有成补充道，“我爸爸是三中的保安，平时的职责就是看管学校监控，所以我知道，小树林里确实没有监控。”

许秋雨一愣，他张了张嘴，想到彭有成之前说过的话——你再这样，我就把宋执的那件事情说出去！

许秋雨问道："那个人是不是曹生？"

彭有成抿唇道："我真没看到，但听声音不像是曹生。"

"那你刚刚为什么威胁曹生，说要把宋执那件事说出去？"许秋雨问道，"那件事又是哪件事？"

彭有成叹了口气："是虐待金鱼的事情。"

"虐待金鱼？"

彭有成点了点头。

高二下学期时学校组织了一个保护动物的活动，每个班都养了几条金鱼。但三班的金鱼却被人残忍地解剖，扔在了地上。

那天他路过三班的门口，看到曹生高声道："一定是何多干的！他爸爸是精神病院的医生，全班只有他会解剖！"

宋执却站出来："为什么不是你干的？全班只有你会这么残忍！"

曹生用舌尖顶了顶口腔内壁，他看着宋执："对了，我忘记了，看管金鱼是你的职责，你才是那个解剖怪吧？"

话罢，他和莫霆还有孙良都笑出了声。

不知道从什么时候开始，宋执就变成了解剖金鱼的怪人。这个传闻在整个年级里疯传，即便没有任何证据，监控只拍到了一个模糊的身影，但校长也没有办法，只在周一升国旗时说到了这件事，并表示会严肃处理，但最终也没有了下文。

没人知晓的是，彭有成在一天晚上，因为帮老师批改卷子，十点才离开办公室。

黑暗中，他的脚步很轻，在路过三班时他看到，曹生打着手电偷偷摸摸地从后门溜进班里，将手伸入鱼缸之中，

狭小的鱼缸里，那只手仿佛从天而降的巨掌，它轻而易举地握住了四处逃窜的生命，将它们扔到了地板上。突然曝露在空气中，惊慌的金鱼在地面上不断乱蹦，想要拼尽全力去抓住一个生存的可能。

曹生就那样安静地看着，直到死神将它们全部带走。

“抱歉，当时我没能勇敢地说出这件事情，让宋执遭受了不白的冤屈……”此时，彭有成后悔道，“如果我能说出真相，曹生一定会得到惩罚。”

曹生将如此残忍的事情加诸宋执身上，给他冠上了“残害动物”的恶名。

许秋雨气得浑身发抖，不断累积的愤怒在此刻爆发出来，他将彭有成推倒在地：“如果你说出来，宋执或许就不会死了！”

他举起拳头，朝彭有成挥去，却被李正拦住。

“松开我！”许秋雨红着眼，死死地盯着彭有成。

彭有成坐在地上，害怕又颓然地看着许秋雨。

李正对彭有成道：“走啊。”

彭有成站起身来，踉跄几步，朝家中跑去。

许秋雨看着彭有成的背影，嘶喊道：“你给我回来！”

李正从许秋雨的背后牢牢地锁住他的身子：“许秋雨，你冷静一点！”

许秋雨已经被愤怒冲昏了头脑：“我怎么冷静？我最好的朋友遭受这样不白的冤屈，甚至最后带着恨意绝望地死去！”许

秋雨猛踹着地面，想从李正的桎梏中挣扎而出，可李正的力气太大了，他怎么也挣脱不出，“我要杀了他们！”

李正高声劝阻道：“以暴制暴只会毁了你自己的前途！宋执一定不想看到你为他做出这种事情！”他继续道，“我们只要找到真相就能还宋执一个清白。”

听到李正的话，许秋雨稍微冷静了一点：“怎么找？”

“找到顾新月，就能知道真相了。”李正感受到，怀里少年挣扎的力道变小了许多。

许秋雨望向李正：“你能不能查到顾新月现在在哪儿？”

“警方不能随便调查一个人的信息。不过，我可以试试。”

听到这句话，许秋雨逐渐失去了力气。他缓缓坐在了地上，抬手按住额头。

他觉得自己很无力，也很无助，就像一只遇上了狂风骤雨的流浪狗，找不到可以庇护自己的住所，也找不到可以填饱肚子的食粮。

如果宋执在就好了，他一定会跟自己说：“没事的，你一定可以做到的。”

每次只要听到宋执的鼓励，他就会充满斗志，在第二天醒来时再次变成那个开朗又充满希望的少年。

眼泪从眼眶涌出，于指缝间落下，许秋雨哽咽道：“李警官，我实在是太想他了，我该怎么办？”

宋执，我最好的兄弟，我很想你，胸中千言汇此一句，只是你一别人间再无归期……

第十一章 继续调查的勇气

宋执似乎变成了他的勇气。又或许，他自始至终就在自己身后，每当自己害怕，开始后退时，宋执都会扶住他，再轻轻推他一把，陪伴他继续往前走去。

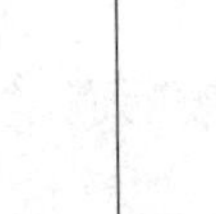

李正蹲下身子，轻轻拍了拍许秋雨的后背。

他们就这样无声地在路边坐了许久，直到许秋雨完全冷静下来，从背包里拿出宋执给自己留下的纸条，交给李正，两人才在路口分开。

他一直随身携带着宋执的遗物，每当自己累了、失去信心时就会拿出来看看。那些纸条就好像是宋执本人，一直陪伴在他的身边。

许秋雨深吸一口气，才发现嗓子已然干涸，就像被砂纸磨过一样，又渴又涩。

他转身，朝最近的小卖部走去，买了一瓶水。

正准备离开时，他看到了一个熟悉的面孔——男人穿着不合季节的外套，戴着一顶黑色的帽子，低着头往小卖部的深处走去。

是林向善。

许秋雨想从他那里多了解一些关于宋执的事情，便跟了上去，却看到林向善在架子前站了许久，突然伸手，将一支笔塞入自己的袖口。

他环顾两侧，发现没人时便又用食指和中指夹起了一块橡皮，迅速握紧，再装进袖子里面。

许秋雨这才反应过来，林向善竟然在偷东西！

“又是你！”

忽地，一个中年男人的声音在耳畔炸响。

小卖部的老板急速走向林向善，他抓住林向善的手，偷来的笔和橡皮便从他的袖口掉了出来：“一进来就鬼鬼祟祟的，果然是要偷东西！”

周围的人都朝林向善望了过来，在众人的注视下，林向善感觉如芒在背，他连忙道：“没有，我准备买下它们！”

“行啊，我们去找警察，让他们看看，你到底是想买还是想偷！”老板拉住林向善的手，将他往小卖部外拖去。

林向善试图抵抗老板的拖拽，可手臂上传来的力量竟无法挣脱，他直接被拖到了门口。

砰的一声，林向善突然跪在了地上，哀求道：“别找警察，求你了，我愿意赔偿十倍的价钱！”

见老板微有意动，他立刻掏出手机，扫了墙壁上的二维码，转了200元钱给老板。

听到汇款到账的语音提示后，老板才冷哼一声，松开了林向善。

林向善连忙站起身来，踉跄着往外跑去。

老板对着林向善的背影高声道：“下次别再让我看到你！”他咬牙切齿道，“神经病！偷一次不够，居然还敢再来！再逮住你，看我怎么收拾你！”

老板一边念叨着一边回到柜台。

许秋雨问道：“老板，他已经不是第一次来这儿偷东西了吗？”

有人拿着一瓶水，走到老板面前。

老板用扫码枪一边扫描着水瓶上的二维码一边道：“是啊，听说他还是个老师，上次来偷东西的时候还被他的学生看到了。真不知道是哪家学校，竟然雇用了这样的老师。”

老板对顾客道：“五块。”他转过头，继续对许秋雨道，“他的学生也是好心，直接给他付了钱。可惜了那孩子，竟然摊上了这样的老师。”

许秋雨虽然好奇那个学生到底是谁，但他不好意思再多问，便转身离开小卖部，打了一辆车回到家中。

偌大的房间里，他躺在空荡荡的床上，黑暗里只有床头亮着一盏昏黄的灯，如孤悬夜海的星点渔火。借着这暗淡的光晕，他似乎能看到宋执就躺在自己身边。

许秋雨靠近那道虚影，闭上了眼睛。

身上的肌肉逐渐放松下来，他仿佛落在了黑暗的海面上，随着海水缓缓漂动。

恍惚间他陷入睡梦之中，梦境带他回到高一的某个午后。

窗外的阳光透过蓝色窗纱照入屋内，整个房间好像都落入了深海里。墙壁上光影摇曳，恍若水波荡漾。

许秋雨靠在椅背上，将双手交叠枕在脑后：“马上就出国了，我有点慌。”

宋执问道：“担心什么呢？”

“我怕一个人会孤单，怕语言不通会被人笑话，还怕学业太难我会变成全班最笨的那个……”

宋执靠在桌子旁，手里拿着一本书，一边翻书，一边说：“担心的时候就给我打电话，我陪你聊天。”

许秋雨看着宋执手里的《青少年法律一本通》，心安了不少。

他突然发现，宋执似乎变成了他的勇气。又或许，他自始至终就在自己身后，每当自己害怕，开始后退时，宋执都会扶住他，再轻轻推他一把，陪伴他继续往前走去。

第二天清晨，许秋雨在窗外小贩的叫卖声中醒来。

耀眼的光透过窗帘的缝隙照进来，为他的周身披上了一层淡金色的光芒。

他打开手机，发现凌晨三点时收到了私家侦探孙明晓的信息：老板，我没能查到顾新月的去向，但我查到了她的亲友。三中高二四班有一个名叫孙沁的女学生，是顾新月的表妹。我的任务已经完成，您该付尾款了。

下一条信息就是孙沁的照片——少女扎着一个马尾辫，五官清丽。她看着镜头，表情严肃。

照片下附上了孙沁的具体信息。

许秋雨看完信息后便按照承诺付清了尾款。他换上校服，准备去三中找孙沁。

他到学校时正逢下课，学生们都在走廊上嬉闹，他走向高二四班，叫住一个扎着双马尾的女生：“你好，请问你知道孙沁在哪儿吗？”

女学生八卦道：“我是孙沁的好朋友。你是谁？找她干什么？”

许秋雨撒谎道：“我是他的表哥，给她送点东西。”

“哦，她替她表姐顾新月填志愿去了。”

许秋雨看了眼日期，才发现今天已经是6月29日，正是毕业生填志愿的时间。

他连忙转身朝综合楼跑去。

他在机房中挨个找，终于在最后一排找到了孙沁。

他轻声唤道：“孙沁。”

少女的马尾轻摆，转头望向许秋雨，一脸疑惑：“你是？”

许秋雨开门见山道：“我是顾新月的同班同学，我有点事找她，但我联系不上她了，你能不能告诉我她现在在哪儿？”

孙沁立刻警惕起来，没有回答他，而是把桌上的纸张收入包中，表情严肃地朝机房外走去。

许秋雨连忙跟上她：“我真的有很重要的事情找她。”他跟在孙沁身边，边走边说，“我是顾新月的好朋友，她经常和我提起你。你的生日是4月16日，白羊座对不对？”

孙沁仿佛看不见许秋雨一般，加快了脚步。

许秋雨看着孙沁紧皱的眉头，加快了语速，列举之前看到的信息，“你每晚放学后都会在学校操场上跑步二十分钟再回家。”

孙沁没有理会许秋雨，她走进一栋楼中，打开一道门，侧身进入。

许秋雨正准备跟进去，却被一名保安拦住：“哎，哎，你不能进。”

许秋雨抬起头才发现孙沁进入的是女更衣间，这里是学校的游泳馆。

没办法，他只能走入男更衣间，换上拖鞋，进入游泳馆内。

游泳馆四面的墙壁都是玻璃制成的，落地窗外绿树环绕，郁郁葱葱。微风拂过，树上的叶子随之轻轻摇曳。阳光穿梭在树叶的缝隙中，在游泳馆内洒下斑驳光影，细碎璀璨。

许秋雨看到孙沁换上了泳衣，和一名双马尾女生在一起。

那名女生注意到了许秋雨：“孙沁，那不是你表哥吗？”

孙沁横了许秋雨一眼：“不是，他是个跟踪狂。”

话罢，便跳入泳池中，如一条灵巧的鱼，在水中游弋。

没办法，许秋雨只能站在一旁，看着孙沁，准备等她上完体育课后再向她询问顾新月的事情。

“救命！”

忽地，一个声音吸引了许秋雨的注意，他看到泳池边上，林向善正将一个少年的头往泳池中按。他面色阴沉，咬牙切齿地盯着水中不断冒出的气泡，发泄着自己的情绪。

昨晚被抓一事让林向善感到愤懑，他无处发泄，只能将气撒在可怜的学生身上。

少年呛了水，双手不断在水面上挥动。

周围的学生似乎已经见怪不怪，离林向善和少年远远的。好像他们身边自有一个透明的罩子，将他们与人群隔开。

许秋雨连忙上前：“林老师，你在干什么？”

林向善在看到许秋雨后迅速松开了双手，他想到昨晚在偷窃现场看到了许秋雨，便心虚道：“我在教学生憋气。”

少年猛地从水下站起身来，他不住地咳嗽着，趴在泳池边大口呼吸。

许秋雨皱了皱眉：“他看起来不太舒服，我带他去一趟医务室。”

林向善害怕许秋雨将自己偷东西的事情传出去，便尴尬地笑了笑：“行，你们去吧。”

许秋雨向少年伸出手，少年仿佛看到救星般，连忙拉住他，从泳池边的扶梯走到岸上。

他还有些气喘，但仍开口道：“谢谢你，我叫陆思远，你叫什么名字？是几班的呀？”

“我叫许秋雨，之前在高三三班，今年已经毕业了。”

陆思远将脸上的水抹掉：“真好，我已经毕业了。”他走入男更衣室，在长椅上坐下，“我们还得继续遭受‘林公牛’的虐待。”

林向善脸型四方，貌似公牛，学生们便在背后给他取了一个外号“林公牛”。

陆思远说的话超出了许秋雨的认知范围，他惊讶道：“林老师一直在虐待你们吗？”

陆思远疑惑地看着许秋雨：“你不知道吗？”

许秋雨摇了摇头："我高一上学期就出国了，前些天才回来。"

"难怪……"陆思远解释道："他就是个暴力狂，经常借体育课体罚学生，发泄不满。他还有偷窃癖，之前偷东西还被老板当场抓获。"

"你怎么知道他偷东西？"许秋雨问道。

陆思远摘下泳帽，挤出里面的水："这件事在学生间都传开了，传播源头就是'林公牛'担任班主任的三班，据说是一位叫宋执的学长说的。"他继续道，"他当时都告到校长那里去了，但没有证据，最后被'林公牛'倒打一耙，说他污蔑自己，校长还给他记了处分。"

陆思远叹了口气："我听说，宋执后来被'林公牛'虐得很惨，不是把他往泳池里按，就是让他跑圈，跑到哮喘发作。"

第十二章　不止一个加害者

没有一个当事人不在说谎。

听到陆思远说的话，许秋雨的脑海中仿佛有什么东西坍塌了，他不可置信地看着眼前的少年，难以想象自己敬重爱戴的班主任竟然是宋执的加害者。

难以抑制的怒火从胸膛升腾而起，冲淡了他的哀伤和痛苦，留下强烈的恨意。

“我去找他问清楚！”

陆思远连忙拉住他，皱眉道：“别去，你现在去找‘林公牛’，他不就知道是我说的了？”他似是很后悔将这件事告诉许秋雨，此时只能低声哀求道，“要是他知道了，我会被虐得很惨的！”

听到陆思远的话，许秋雨逐渐冷静下来，他想：有什么方法可以揭露林向善的残忍面目呢？

学校的游泳馆和操场都没有监控，没法找到证据证明他的恶行，那么只能从偷窃这一点入手。

不知道昨天林向善偷窃的小卖部里有没有监控……

许秋雨承诺道：“好，我不说。”他继续道，“我还有点事，就先走了，你在这里休息一下，这节课林向善应该不会再找你的麻烦了。”

听到许秋雨的话，陆思远瞬间放下心来：“好。”

许秋雨和陆思远告别后便朝学校外走去。

他打了一辆车前往西城区。

当他踏入小卖部时，老板立刻认出了他。在看到他穿的校服后，老板表情惊讶：“三中不是在东城区吗？现在应该是上课时间吧？你怎么跑到这里来了？”

西城区是旧城区，多是筒子楼和历史建筑旧址，破旧许多，以至于一提到西城区人们就觉得，这里是贫穷的象征。

许秋雨没有回答老板的问话，而是急匆匆地问道：“老板，您这里有监控吗？”

老板一愣：“有啊，怎么了？昨晚在这儿丢东西了？”

许秋雨摇了摇头，解释道：“昨天那个偷东西的老师是我们学校的，曾经有学生将他的罪行告诉了校长，但苦于没有证据，最后还被记了处分。您能不能把他偷东西的视频发给我，我想发到网上，揭露他的罪行。”

老板一听，瞬间气得不行，义愤填膺道：“怎么会有这样的老师？简直不配为人！你等着，我现在就把昨晚的监控调出来！”

话罢，他走到电脑前，点了点鼠标，黑色的屏幕随之亮起。

他在电脑前一边操作一边道：“他第一次偷窃时我就该曝光他的，可惜那时候我没有装监控，也不知道他具体在哪一所学校任职。”

陌生人的善意往往最让人动容，老板的表现让许秋雨感到一阵心酸，他问道：“您还记得，他第一次偷窃时，帮他付钱的学生长什么样吗？”

老板想了想，看向许秋雨：“和你差不多高；长得蛮乖的，刘海刚刚盖住眉毛；肤色很白；眼角有一颗黑痣。”他一边回忆一边道，“那天是个周末，他身上没背包，不像是过来玩的，应该是住在这儿附近。”

一听老板的描述，许秋雨就知道那个少年一定是宋执。

依照宋执正义的性格，他肯定接受不了林向善是个偷窃狂的现实，但他一定想不到，告发林向善的决定却将他推入了绝望的深渊。

不过十分钟，老板便从电脑前抬起头：“好了，我已经把监控调出来并截取好了，你加我QQ，我传给你。”

“好，谢谢老板！”

许秋雨加上老板的联系方式后，就收到了林向善偷窃并下跪的视频。

临走前，老板拍了拍许秋雨的肩膀，鼓励道：“一定要曝光他！让他受到应有的处罚，加油！”

看着老板憨直的笑容，许秋雨笑了笑：“我会的。”

他打了一辆车，回到东城区的三中。

在车上，他找了几个微博大V和微信公众号，将林向善的个人信息以及偷窃视频发给他们。在付了推广费后，他们立刻表示会尽快写好推文发布到网上。

抵达学校后，他本想直奔四班，却在小卖部门口看到了刚买完冰棍的孙沁。

许秋雨跟上了她。

孙沁在看到许秋雨后立刻疾步向前走去。

许秋雨连忙追上前："孙沁，我叫许秋雨，我真的是你姐姐的好朋友，我这里有她留下的东西，我想还给她。"

长廊旁种满了香樟树，高大的树冠挡住了太阳的光线。

孙沁突然站定在香樟树的阴影下，望向许秋雨："骗子！我姐在学校里根本没有朋友！"

手上的冰棍在高温下开始融化，甜水顺着冰棍淌了下来，滴在孙沁的手上，她推开许秋雨，甜水便粘在了许秋雨的衣服上："你烦不烦啊！能不能离我姐远一点？"

她涨红了脸，死死地盯着许秋雨，大而圆的双眸中突然溢出了泪水。

聒噪的蝉鸣混合着少女的哭声传来，许秋雨僵在了原地。他有些不知所措，脱口而出道："对不起……"

周围的学生围了上来，将许秋雨和孙沁环绕起来。

许秋雨感觉自己像是被观赏的动物，在学生们的指指点点下被冠上了恶意的罪名。这让他仿佛再次回到了小学时被同学欺负的场景，无助而恐惧。

一个中年女教师拨开人群，走了上来，问道："发生什么事情了？"

孙沁指着许秋雨，撒谎道："他骚扰我！"

许秋雨一愣："我没有！"

女教师拽过许秋雨的手："你是几班的？跟我去见校长！"

“她撒谎，我没有碰她！”

许秋雨试图解释，可在围观者看来，他苍白的面容和流下的汗水便成了他是加害者的证明。

女教师拖着他往校长办公室走去：“你才是在撒谎！人家女孩子难道会污蔑你不成？”

许秋雨转过头，看到孙沁已然消失在长廊的尽头。他突然感到一阵恐慌，眼前的场景令他手足无措。

冷静，冷静下来，如果是宋执，他会怎么做呢？

瞬间，许秋雨就有了答案：“老师，我想看监控。”

女教师停下了脚步：“行啊，去监控室找保安。”

监控室里。

老旧的空调传来呼呼的声响，保安彭建国坐在转椅上。面对着几十个监控画面，他感觉自己就像学校里的神，掌控着整个学校几千名师生的动向。

忽地，他看到一名女老师拉着一个少年，走向了监控室。

门被打开，女老师的声音传来：“保安，我要看樟树长廊十分钟前的监控录像。”

彭建国听到女老师的话，心里一阵烦闷。他最讨厌别人喊他保安，因为这个称呼似乎会让他变得低贱许多，让他在被称呼为“老师”的人的面前抬不起头来。

他冷着一张脸道：“好，我现在就调出来。”

其中一个监控视频被投到了大屏上，画面迅速倒带回转，定格在许秋雨跟上孙沁的那一刻，再继续向前播放。

画面中，许秋雨始终和孙沁保持着半米的距离。

“老师，您看，我没有说谎，我甚至没有碰到她。”许秋雨望向女教师。

女教师的脸青白相间：“那你为什么要跟着她？”

“我和她表姐是朋友，但她表姐搬家了，我想知道她表姐的去向。”许秋雨解释道。

“好吧，下次离人家女孩远点。”

话罢，没有一句道歉，女老师就踩着高跟鞋，走出了监控室。

许秋雨正要离开，却被一个监控画面吸引，他走向眼前散发着幽绿色光芒的屏幕——那个监控画面正对着小树林的墙壁。

如果性侵顾新月的罪犯想翻墙离开学校，只有这条路可走。

彭建国看着眼前的少年，只觉得烦躁：“你还待在这里干什么？”

许秋雨问道：“叔叔，请问这里还保留着三个月前的监控视频吗？”

平时，学生们都无视彭建国或者指示他做这做那，他最讨厌这样的孩子，所以许秋雨表现出的礼貌为他在彭建国的面前赢得了些许好感。

彭建国拿起水杯，打开杯盖，有雾气升起，在空中徐徐散开，他仿佛一个上位者般缓缓道：“一般保留半年内的视频。”

太好了！

许秋雨追问道：“可以调取3月12日晚上十点到十一点期间的监控吗？”他指向正对着小树林墙壁的监控道，“就这个监控。”

3月12日仿佛一个禁忌般引起了彭建国的警惕，他举杯的手一顿：“这都过去多久了？为什么要调那天的监控？”

许秋雨撒谎道：“那天我路过小树林，丢了一个手表，我想知道手表掉在哪里了。”

“当时怎么不来？”彭建国喝下一口热茶，问道。

许秋雨答道：“那时候我以为那里没有监控。”

彭建国不耐地挥了挥手：“3月12日晚上，监控室内外的监控以及正对着小树林墙壁的监控都坏了，调不出来。”

调不出来？

许秋雨失望道：“怎么会呢？”

彭建国立刻怒了：“你这孩子，还敢质疑我？怎么？你还觉得我骗你不成？”

他立刻在电脑前操作，调出了3月12日晚上的监控。确实如他所说，监控室内外以及正对着小树林墙壁的监控都缺失了晚上十点至十一点期间的画面。

可是……

彭有成不是说他爸爸是看管学校监控的保安，所以他知道小树林里没有监控吗？

许秋雨突然意识到一个事实——

彭有成在说谎。

第十三章　永远悬停的太阳

如果我死了，我的灵魂也会守在你的身边，
一直保护你。你什么都不用怕，只管往前走就好了，
我永远在你身后保护你。

许秋雨离开学校时整个人都是恍惚的。谎言、伪善、恶意、冷漠，一团团疑云在他的脑海中聚集，迷雾重重，真相茫茫，事件背后的纠葛让许秋雨脊背发凉。

他拿出手机，打给李正：“李警官，我今天去学校了，我在监控室里看到，小树林里有一个监控，正对着侧面的墙壁，如果性侵顾新月的罪犯想逃跑，只有这条路可以走。但之前彭有成说，他可以确定小树林里没有监控。所以，我肯定他在说谎，他一定隐瞒了什么。”

许秋雨问道：“您能不能帮帮我，和我一起问问彭有成，找到他隐瞒的真相。”

电话那头传来尖锐的警笛声，李正道：“许秋雨，我这边遇上了一个突发事情，北城有人要跳楼，我得去处理一下，等忙完我再帮你可以吗？”

“好的，谢谢李警官。”

许秋雨答应了李正，可想找到真相的急切心情却如同灼骨之火，在心口蔓延。

他决定，先去问问彭有成。

西城，华源小区。

彭有成从噩梦中惊醒。

窗外，漫天的火烧云延烧至整片天空，整个城市静悄悄的，被夕阳的余晖包裹，泛着猩红的光。

看着即将暗下来的天色，彭有成突然感觉到一种难以言喻的压抑感，仿佛整个天空沉得要坠下来，有一股窒息感扼住他的喉咙，他忍不住大口地喘息起来。

天边的光线随着他的呼吸慢慢变淡，直到天空被夜幕席卷，他才逐渐缓过神来。

自从3月12日开始，他就再没睡过一个好觉了，晚上难以入眠，即使睡着也常常会梦到顾新月和宋执，他们或在指责他，或在无声地对着他流泪。白天他也不好过，精神总是恍惚，他们的身影如梦中一般挥之不散。

他很害怕，却无力改变。

“砰！”紧锁的门被撞开，父亲彭建国骂骂咧咧地走入房内：“又在睡觉！天天只知道睡觉，你是猪吗？”

彭有成望向彭建国，眼里闪过一丝怨怼——

如果不是父亲望子成龙的心，他就不会对宋执的事置若罔闻，他也不会因此陷入内疚和恐惧的折磨以至于高考失利，更不会造成今天的局面！

这一切都是父亲的错！

他还记得……

高考时，他望着试卷上密密麻麻的字，脑子里却一片空白，他怎么也解不开笔下的题目。

顾新月、宋执还有父亲的身影出现在空中，他们环绕着自己，不停地说话：

——你为什么不救我?

——你为什么任由他们诬蔑我?

——儿子，高考加油啊，这是你跃入龙门的第一步，千万不能考砸！爸爸的后半辈子就指望你了！

彭有成感觉自己的思绪混乱不堪，仿佛有一团麻绳占据了自己的整个大脑，越缠越紧。

他小声道：“别吵了……”

可脑海里的声音并没有因为他的言语而停下，反而越来越大。

彭有成近乎崩溃地大吼道：“别吵了，别吵了！”

他的喊叫声引起了监考老师的注意。老师走到他的身旁，敲了敲桌子，压低声音道：“喊什么喊？这是高考啊！再发出声音你就别考了！”

彭有成连忙低下头，努力地深呼吸，可眼前的试卷却变了样子，题目像是由密密麻麻的陌生符号拼组而成，一时竟无法辨识。焦急中，这些黑色符号突然分崩成无数碎片，涌向他几近崩溃的脑海，他眼前一黑，什么都看不见了……

此时，彭有成从床上下来，怨恨地看着彭建国：“是啊，我是猪，那你是什么？”

彭建国一愣，他没想到一向乖顺的儿子会说出这样的话。

他愤怒地抄起地上的鸡毛掸子，朝彭有成身上抽去：“你就这样对供你养你的老子说话吗？”

彭有成一把抓住鸡毛掸子，将它扔出窗外：“你除了会打我还会做什么？自从妈妈和你离婚后，我就一直在讨好你。为了得到那一丁点儿的父爱，我付出了全部的努力，可换来的仍然是你的不满和打骂！”

彭有成的双眸蒙上了一层雾气：“我不过是你拿来炫耀的资本罢了，你根本就不爱我！”他望着低自己一头的父亲，嘲弄道：“说到底你也不过是一个可怜人，自卑又无能。”

“你！你！”彭建国气得心口发紧，他捂住胸口，下意识地将左手撑在桌子上，不可置信地望着彭有成。

彭有成将脑后的兜帽戴起，低着头朝屋外快步走去。

他听到身后父亲的怒吼声：“你走出这个家门后就别再回来！”

彭有成把门狠狠摔上，往楼下跑去。

黑沉沉的夜如浓墨般在天边晕开，街道上，星星点点的路灯逐渐亮起，小贩在路边摆起了摊位，开始叫卖。

一天没吃东西，彭有成有点饿了，便在路边摊买了一份炒饭。等待时，他走到一旁的小巷里，靠在墙壁上，从口袋中拿出一包烟。

高考后他就开始抽烟了，从一开始被烟雾呛得直咳嗽，到现在已经能面不改色地吸入香烟，并从中收获零星的快感。

他点燃一根烟，望向微风吹拂下的樟树。

街道两旁树影婆娑，朗朗月光透过绿叶间的缝隙，洒在地面上，一时间恍若银河落水，整个街道都好似漂浮在繁星之上。

“呼——”烟雾从口中呼出，他眯起双眼，看着灯光下跳跃的灰尘，沉溺在五感的愉悦中，一时间忘记了彭建国的打骂、顾新月的哭诉、宋执的指责……

弥散的烟雾中，他缓缓转过头，瞳孔突地放大。

此时，一个黑影冲过了空中的烟雾，迅速奔向他。那个黑影一把锁住他的脖颈，直接将他按到墙壁上。惊惶间，彭有成听到一个熟悉的声音：“为什么要说谎？”

彭有成抬起头，看到了许秋雨。

自从上次被许秋雨“袭击”后，他就从同学那里打听到了许秋雨的个人信息，得知他是宋执的好友。

香烟掉在地上，彭有成慌张道：“说什么谎？”

许秋雨咬牙切齿道：“我去过学校的监控室了，小树林里明明就有监控！”

寒意从脚底升起，彭有成打了个寒战：“我……我记错了……”

许秋雨怒声道：“你在包庇那个人！”

彭有成颤抖着身子：“我没有！学校里监控那么多，我怎么记得住。”

许秋雨压在彭有成身上，恨意似要将他燃烧殆尽：“彭有成，我给你最后一次机会！你说实话，我就放了你。不然我不保证会对你做出什么事情！”

彭有成看着许秋雨被怒火灼红了的眼睛，吞了吞口水，挣扎许久，还是道："我没有说谎！我真的不记得了！"

忽地，他感觉压在身上的力气减小了许多，许秋雨松开了对他的桎梏。

他连忙从许秋雨身下挣脱而出，朝小巷外跑去。

可是，下一秒，一个重击就落在了他的后脖颈上。他眼前一黑，便失去了意识。

不知道过了多久，彭有成在黑暗中醒来，他想要睁开眼，但眼皮却被胶带遮盖，怎么也睁不开。

他感觉自己正坐在一把椅子上，双腿被绳子紧紧地固定住，双臂也被塑料扎带锁在了两边的扶手上。

他有些慌了，只能徒劳地高喊道："救命！救命！"

可回应他的只有从四面传来的回声。

眼前一片漆黑，不知自己身在何处的彭有成只觉得惊恐不已，手心里满是汗水。突然，一个声音传来："你知道这里是哪儿吗？"

是许秋雨！

彭有成哀求道："许……许秋雨，放了我吧，求你了！"

许秋雨没有理会彭有成的话，而是自顾自地说道："这里是97年就废弃的防空洞，没有人会来。所以，不管你怎么叫，都不会有人听到。"

彭有成歇斯底里地吼道："许秋雨，你到底要干什么啊！"

"我要干什么你不是很清楚吗？"

声音突然从耳侧响起，一阵温热的呼吸铺洒在脸上。彭有成的心瞬间提到了嗓子眼，他咽了咽口水：“我真的不知道啊，监控的事情是我记错了，对不起，我向你道歉！你放了我好吗？”

身前的人缓缓远离，彭有成听到许秋雨的声音：“没关系，我有的是时间等你说出真相。”

话罢，彭有成感觉自己的手腕被人用一个尖利而冰凉的东西抵住了，接着，剧痛从手腕处传来，继而一片湿腻，空气中似乎飘浮着血腥味。

“啊！”彭有成尖叫一声，他没想到许秋雨会伤害自己，“你疯了！你要杀了我吗？”

许秋雨迅速道：“我带了急救包，只要你说出真相，我就给你止血包扎，送你去医院。”

彭有成大吼道：“疯了，你疯了！”

他猛烈地挣扎起来，可任凭他使出全身的力气，身上的绳索也未动分毫。

偌大的防空洞里很安静，只能听到鲜血落在地面上的滴答声。

彭有成感觉体内的血液不断流失，他的脑袋一阵阵发昏。

眼泪从眼眶中涌出，浸湿了胶带，他声音颤抖：“许秋雨，你不能这样，如果你杀了我，你会坐牢的。”

许秋雨的笑声传来：“你既然愿意为真正的罪犯开脱，就要想到今天的结局。”

“我说了，我真的什么都不知道！”彭有成用尽全力喊了出来，尖厉的声音逐渐变成了哭号。

滴答声仿佛索命厉鬼，将彭有成体内的生机一点一点地抽走，他感觉自己的双唇已经干涸，喉咙口阵阵发涩，就连吞咽都变得困难。身体也没有力气了，哭喊声渐渐变小，转为抽泣。

许秋雨的声音再次响起：“你不觉得，等待死亡的过程实在是太难熬了吗？”

“为什么要为真正的罪犯开脱呢？他可是活得好好的啊！他是许了你什么好处吗？你要是死了就什么都没有了。”许秋雨的声音似乎有着蛊惑人心的力量。

彭有成感觉死神正在朝自己逼近，他的身体越来越冷，手脚冰凉，意识已经快要模糊不清了。

“说出真相吧。说出来你就能活。”

彭有成沉默了一会儿，似是在做最后的挣扎。

最终，他气若游丝道：“我说，”他似是认命了一般，“我说……”

2020年3月12日，晚上十点半。

那个男人翻墙走后，彭有成听着顾新月的哭声，只觉得身体一阵阵地发麻。他等了许久，才站起身来，费力地从墙壁翻出学校。

可当他刚落地时，一个如恶魔般的声音就在耳畔炸响：“哟，书呆子，你看到了啊？”

是曹生！

似有一股电流从脚底瞬间蔓延至四肢百骸，彭有成浑身战栗，眼泪立刻涌了出来，他连连摆手：“没，没有，我什么都没看到！”

曹生面色阴沉：“回去。”

彭有成害怕地看着曹生，哆嗦着身体：“去，去哪儿？”

曹生将他猛地推向墙壁：“翻墙回学校！”

疼痛从胸前传来，彭有成发出一声闷哼，恐惧驱使他再次翻墙回到学校。

曹生也跟着翻了进来，他指着顾新月，对彭有成道：“你也去。”

彭有成瞬间就明白了曹生的意思，他连声拒绝：“我不行，我不能这么做！”

这种行为已远远超出了彭有成的道德标准，他的心脏剧烈地跳动起来，面色惨白地看着曹生。

曹生攥住彭有成的衣领，威胁道：“你不去？你想成为下一个宋执吗？”

彭有成面如死灰，除了点头别无他法。

黑暗中，两记脚步声重新笼住了躺在地上的顾新月。

防空洞中。

彭有成将那天的经历一五一十地告诉了许秋雨：“我没办法啊，我真的没办法，我除了听话，还能怎么办？”他哭泣道，“我不想伤害顾新月，但我实在是太害怕了……”

许秋雨深吸了一口气，平静的语气之下隐隐涌动着风暴：

“那晚的监控为什么坏了？”

“我删掉了。我爸是管监控室的，我能拿到监控室的钥匙。”彭有成双唇发白，哆哆嗦嗦道，“我怕小树林里有监控，就偷溜进监控室，果然找到了监控，就把十点到十一点之间的监控视频删掉了。”

哧的一声，剧痛从眼皮传来，胶带被撕开。

彭有成费力地睁开双眼，眼前的景象明明暗暗，虚晃得他头晕。

他花了许久才看清——

他的手腕并没有流血，只是被划出了一道很浅的红痕。一旁，许秋雨的手机中正播放着“滴答、滴答”的落水声，屏幕上显示着正在录音。

他这才反应过来，自己被骗了！

一股愤怒涌上头顶，但当他看到许秋雨眼中的恨意时，愤怒又被恐惧所替代，他不知道得知了真相的许秋雨会做出什么事情来报复自己。

可是下一秒，事情并没有按照他所想的那样进行。

许秋雨将绳索解开，不紧不慢地说：“你要是敢把我带你到防空洞的事情说出去，我就真的割断你的手！”

彭有成似是被吓到，他惊恐地点着头，将绳索扔到一旁，朝防空洞外跑去。

脚步声逐渐远离，周围再次陷入一片死寂，许秋雨只能听着自己搏动的心跳声和缓缓的呼吸声。

他看着漫长的隧道，回忆跌入周围的黑暗之中。

一瞬间，漫长的隧道里仿佛亮起了无数的萤火，将整个防空洞照得恍若白昼。

他看到八岁时自己和宋执一起在防空洞里的场景，那时宋执牵着他的手，一边和他对话一边寻找出口。

宋执问道："许秋雨，你觉得人有灵魂吗？"

这个问题超出了许秋雨的认知范围，他茫然地摇了摇头："我不知道。"

宋执似乎比同龄人要成熟，总能说出不符合年龄的话来："我觉得是有的。我给你讲两个故事吧。"

许秋雨点了点头："你讲吧。"

宋执缓缓道："国外有人做了一个实验，实验对象是一名死囚，他获得了一次选择自己死亡方式的机会——失血过多而死或是吊死。他毫不犹豫地选择了前者。"

他继续道："实验过程中，他被捆在床上，并被蒙住眼睛。科学家在一旁制造出滴水的声音，让他相信这是他的血落在地面上的声音。结果过了一段时间，他真的死掉了。"

许秋雨听得入了神，一直盯着地面。

宋执看了一眼许秋雨继续道："还有一个实验，科学家将被试A带到一间空房间中，并让他看到了一个场景——实验人员B被捆在一把椅子上，一位医生用火钳从炉中夹出一个被烧得通红的硬币，然后把这枚硬币放到那个人的手臂上。一声惨叫响起，那个人的手臂上立刻出现了一个硬币大小的伤疤。然后，科学家将被试A领到室内，把他牢牢地捆在椅子上。随后从炉中夹出一个同样被烧红的硬币放在被试A的手臂上，结果他的皮肤上真的出现了一个硬币大小的三度烧伤的伤痕。”

宋执继续道：“但是那个硬币其实并没有多高的温度，不足以给人的皮肤留下伤痕。”

许秋雨崇拜地看着宋执：“宋执，你怎么懂这么多呀？”

宋执爽朗一笑：“我在一本杂志上看到的。”他接着道，“我觉得这两个实验可以证实人是有灵魂的，至少证明人有一个超越肉体的精神体！”

许秋雨两眼放光，拍了一下宋执的后背，开心地说：“真有可能。”

宋执望着窗外，缓缓说道：“所以，如果我死了，我也会变成灵魂护着你。你什么都不用怕，只管往前走就好了，我永远在你身后保护你。”

那一瞬间，许秋雨突然觉得，长长的隧道似乎并不可怕，因为黑暗里有太阳出现了。宋执就是那轮太阳，永远悬停在他的头顶，哪怕黑夜降临，也如白日般照耀着他。

第十四章 弱小的反击

他这才发现，原来，他们都是胆小鬼。

黑暗的空间里，许秋雨沿着八岁时探寻的路径往外走去，眼中的萤火随着回忆的结束缓缓消散，很快就只剩下一片黑暗。没多久他就走出了防空洞。

他回头看去，儿时望不到边际的隧道原来这么短，不过十分钟就能走出来。

宋执的面容一直盘旋在脑海中，他攥紧了拳头，在心里暗暗发誓，自己一定要为宋执洗刷冤屈，找到他死亡的真正原因。

刚出防空洞，手机便有了信号，多条消息传来。许秋雨点开QQ，看到小卖部老板的信息：你是不是找人发了视频？那个老师偷东西的新闻已经上热搜榜第五了！

许秋雨进入微博，看到热搜榜第五的词条是——海镇老师有违师德，竟当众偷东西。

点入词条，看到的便是几名微博大V曝光的推文。林向善的个人信息早已被“人肉”出来，遭到无数网友的谩骂。

——666，被发现就下跪，真是好老师啊！

——这样有违师德的人竟然做了老师，真是老师的耻辱！

——我就是海镇三中的学生，我想举报这名老师，他经常借体育课体罚学生！

——不配为人者却做了人，不配为老师者却做了老师。

……

忽地，一滴水落在了额头上，凉意沁入肌肤。许秋雨抬起头，才发现月亮已经隐入云雾之中，天空下起了小雨。

一辆出租车从不远处驶来，许秋雨连忙拦下它，钻入其中。

雨越下越大，打在窗户上，汇成一股水流缓缓流下，窗外的千丝万线，渐渐将天地缝合。

空中，霓虹灯光在雨水中变得朦胧起来，疾驰而过的残影令他的思绪逐渐飘远。

他想起小学时的一个雨天。

滂沱的雨倾盆而下，经由树叶，透过打开的窗户溅到课桌之上。

同桌陈鑫在桌洞里翻找着什么，她似是很烦躁，不断地发出声响。

忽地，她抬起头，恶狠狠地盯着许秋雨："是不是你把我的笔弄丢了？"

许秋雨疑惑道："我没有啊。"

陈鑫盯着许秋雨："你早上不是找我借过笔吗？"

许秋雨不解地看着陈鑫："可我中午就还给你了啊。"

陈鑫叉着腰，气鼓鼓道："骗人，明明就是你弄丢了！"

许秋雨委屈道："我真的没有。"

陈鑫的声音带上了哭腔："那支笔是我妈妈从香港给我带回来的，要一百三十八块才能买到，你赔我的笔！"

看到陈鑫的眼泪，许秋雨立刻慌了，他连忙道："对不起，我帮你找。"

"一定是被你丢在哪个角落里了！"陈鑫站起身，指着许秋雨命令道，"给我趴在地上找！"

许秋雨颤巍巍地跪下，如一只乌龟般，在地上寻找着。同学们从他的身边路过，留下一地湿漉漉的脏鞋印。许秋雨顾不上洁白的校服染上污迹，顾不上双手被雨水冻得冰凉，只盼能在地面上寻到笔的踪迹。在哄笑声中，他将头伏得更低了。

忽地，脏兮兮的小手被一只温凉的手拉住，他抬起头，望见宋执紧皱的双眉。

宋执将他拉起，带着他走到陈鑫面前："陈鑫，你把书包打开，让大家看看笔在不在里面。"

陈鑫的脸腾地就红了："班长，你怎么老是向着那个死胖子！"

“人和人之间是平等的，你不能因为许秋雨的身材就出言讽刺他。”宋执站得很直，挡在许秋雨面前，就像护着孩子的豹子，“既然你说你的笔丢了，那肯定不在你的书包里，你就打开让大家看看嘛。”

陈鑫紧攥着书包，面色涨红。

周围的学生仿佛看到了好戏般，立刻来了精神，起哄道：“陈鑫，你就打开看看呗。”

在同学们的附和声中，陈鑫不情愿地打开书包，那支昂贵的笔就躺在其中。

陈鑫惊讶道：“原来笔在这里。”

宋执对陈鑫严肃道：“向许秋雨道歉。”

陈鑫失声尖叫：“为什么？”

许秋雨扯了扯宋执的衣角，小声道：“算了，我没事！”

宋执抓住许秋雨的手，看着陈鑫：“因为你污蔑了他。”

陈鑫扶着额头闭了闭眼，不甘心道：“好吧，许秋雨，对不起。”

许秋雨连忙道：“没事，我接受你的道歉。”

宋执转过头，看向许秋雨：“许秋雨，你不能因为别人而委屈自己。面对别人的污蔑就应该义正词严地反击！只有你自己硬气起来，别人才不敢欺负你。”

许秋雨点了点头，小声说道：“我明白了。”

后来他看到了一句话——优越感，只不过是自卑感以倒立的姿态行走。

他这才明白，那些喜欢炫耀自己身份和家境的人，才是内心最为匮乏的人。

他又想到宋执那天对自己说的话，突然有了勇气去反击那些欺负自己的人，而那些人也不出所料地四散而逃。

他这才发现，原来，他们都是胆小鬼。

此时，车缓缓停下，司机一句话没说便打开灯，将二维码递了过来。

许秋雨打开微信，支付了车费后便匆匆下了车，顶着大雨往小区里跑去。

以前每当下雨的时候，他都会可怜兮兮地对宋执说："我没带伞。"

每到这个时候，宋执便会拿出自己的伞，将伞举过许秋雨的头顶，送他回家。

瓢泼的雨水中，这一把小伞仿佛能隔绝一切，成为一方属于他们兄弟俩的小小天地。在这里，两个人的肩膀挨在一起，向前奔跑着，周围的画面在那一刻放缓，就像老旧的电影一般。雨水斜洒入眼中，世界突然泛着盈盈水光，在这雨中沦陷。

凌晨一点，许秋雨跑回家中，刚进屋就看到等在门口的楚媛。

楚媛一见到许秋雨，连忙拿出准备好的毛巾，搭在他的头上，擦拭起来："都这么大了，也不知道看天气预报，伞也不带。"

许秋雨看着楚媛头发上的几根白发："妈，我都十八了，你不用这么担心我。"

楚媛一掌拍在许秋雨的头上："多大在妈妈眼里也是孩子。"

许秋雨摸了摸被打痛的额头，笑道："知道啦。"

楚媛催促道："快去洗个热水澡，早点睡觉。"

许秋雨依言走入卧室，洗完澡便倒在床上。

他从枕头下拿出宋执的遗书，将它再仔仔细细地看了一遍。

现在已经找到了污蔑宋执的真正加害者，只要让受害者出面指认，并找到证据，就能还宋执一个清白。

下一步就是找到顾新月了。

看孙沁的表现，她肯定不会配合，他也无法干等着李正的消息，那就只有一个方法，就是跟踪她。

明天就是高二放假的时间，也是高三生回学校拿档案的日子，顾新月肯定不会回来，只有孙沁去拿。她大概率会直接把档案寄给顾新月，只要拦住快递员，就能知道顾新月的地址！

想着想着，墙上的时钟缓缓指向凌晨三点。

窗外夜色深沉，城市的夜在雨水的冲刷下显得更加朦胧，许秋雨在这破碎的世界中陷入了睡梦之中。

一夜无梦。

第二天，许秋雨在闹钟的响铃声中醒来。

他伸了个懒腰，发现自己许久没有睡过这么好的一觉了。

他洗漱完，穿上校服、戴好帽子后便打了辆车抵达三中，走入教学楼。

四班的班级里，班主任正慷慨陈词：“希望你们借暑假时间好好学习，不要在下学期回学校后成绩倒退！”他苦口婆心道，“高三是最关键的一年，我相信你们一定不会轻易松懈的！”

班级里的学生心都长了草般，不是在窃窃私语，就是在东张西望，希望快点逃离教室的束缚。

“你们一定要抓紧时间，在大好的青春里努力拼搏！”班主任伸出一只手，握成拳头，高举在空中，“无愧老师，无愧父母，无愧自己的少年时光！”

不知道过了多久，班主任的长篇大论终于结束。他似是累了，长舒了一口气，气势也弱了下来：“放假了，你们都散了吧。”

话罢，所有的学生都欢呼起来，他们快速将书包整理好，朝教室外走去。

双马尾少女跑到孙沁身边：“孙沁，学校旁边新开了一家冰激凌店，要不要一起去吃？”

孙沁急匆匆地背上书包：“不好意思呀，我要给我姐拿档案，今晚不能一起走了，你先回家吧。”

“好，记得联系我，暑假一起出去玩。”双马尾少女笑道。

孙沁点了点头，走出教室后，就朝档案室跑去。

许秋雨压低帽檐跟上她。

档案室内。

返校的学生挤满了房间，没人管得了这群已经脱离了学校的毕业生，他们就像脱缰的野马，用吵闹声证实自己的自由。

汗味在四周弥漫，许秋雨隐藏在人群中，眼神始终不离孙沁。

等了许久，孙沁才挤到队伍的前排。

窗外的太阳照在她的身上，将她白皙的面容晒得绯红。她把顾新月的身份证复印件递给管理员，并拿出承诺书，指着上面顾新月的签名道："我来替我表姐拿档案，她是三班的。"

管理员仔细看过孙沁手中的资料后，从一众档案中挑出一份，递给她。

孙沁接过它，走出档案室，往学校外走去。

许秋雨疾步跟上。

樟树长廊上，树叶浮动，阳光轻洒，落下一地的斑驳绿荫。

孙沁走在长廊的中央，许秋雨则贴着树木走，借着高大的树干隐藏自己。

孙沁似是发现了什么，频频回头，而许秋雨每次都抢在她回头前闪到一旁的树后。

身后似乎有一双眼睛在盯着自己，孙沁不由加快步伐，打了一辆车，消失在校门口。

许秋雨看着远离的车辆，连忙也上了一辆空车，让司机跟上孙沁。

差不多过了半个小时，车缓缓停在西城区一个破旧的小区前。

孙沁下了车，跑入楼栋之中，拿出钥匙，打开家门。

许秋雨也随之来到六楼，躲入一旁的楼梯间中，借着高大的门板遮掩自己。

等了两个小时，快递员才上门。

孙沁将封存好的档案袋放入快递袋中，递给快递员："这是高三生的档案，切记不要淋了雨水，一定要顺利送达，谢谢您。"

快递员点了点头："好。"

他在手机上操作完毕后就接过快递袋封好，贴上地址后，便往楼梯走去。

孙沁的家门关上后，许秋雨撑起麻木的双腿，踉跄几步后跟着快递员到了楼下。

"等等！"许秋雨大声喊道。

快递员应声停下，不解地看向许秋雨。

"这个快递是不是要寄给一个叫顾新月的人？"许秋雨问道。

快递员警惕地看向许秋雨："你要干什么？"

许秋雨靠近快递员，撒谎道："我是刚刚那个女孩的哥哥，她让我再确认一下快递地址是不是准确。"

快递员丝毫没有怀疑，将快递袋递给了许秋雨。

许秋雨看着快递袋上的地址，努力记忆着——云上镇西宁路月中小区6栋5楼501号。

他将这个地址默念三遍记到脑子里后，便笑着将快递袋递给了快递员，说了句："地址没错，这丫头还让我下来确认。"

快递员接过快递，回了一句："没关系，学生档案比较重要，可不能寄错了。"随后，开着快递车就走了。

许秋雨没想到这么顺利就得到了地址，立刻走出小区，坐出租车去了高铁站。

此时，楼上的一双眼睛盯着楼下发生的一切。孙沁想：可能这是唯一让表姐走出阴霾的机会了吧。

第十五章　真相是什么

他坐在床上，翻开日记，看到的文字让他痛彻心扉。

许秋雨买了最近一班去云上镇的高铁，他给楚媛打了电话，说今天要去同学家玩，可能晚上不回家了。

楚媛一听许秋雨要和同学一起玩，想着能让他开心一些，便立刻同意了，还给他转了五百块钱，让他请同学吃饭。

许秋雨坐上高铁时已经是下午两点半了。

车开动起来，周围的景色飞速向后退去——云海高悬于天空，好像那么近，却又那么远。

许秋雨买了一瓶橘子味的汽水，看着飞机划过云层，留下了一道笔直的汽云。

一口冰凉的汽水滑入胃中，他想起初中时，宋执家小区里种着几棵橘子树。

五月时，树上就会开满白色的花，在阳光下散发着透亮的光。初夏来临，果实便会结满枝头，一颗颗小巧又可爱。

宋执踮起脚，往上一跳，抓住一个橘子，将它从树上扯下，扔给许秋雨：“尝尝。”

圆滚滚的橘子被许秋雨接到，剥开橘子皮，将其中一瓣放入口中，一口咬下。汁水流出，又酸又涩的味道浸满了口腔，他的五官都皱了起来：“怎么这么酸？”

“哈哈。”宋执笑了起来，他似是早就知道此时橘子的味道，就等着在这个时候做一个恶作剧。

他的嘴角露出可爱的小虎牙，眼睛亮亮的，在阳光下闪烁着微光。他轻轻弯着腰，笑得开怀，午后的阳光似乎都在这一刻变得活泼起来。

看着许秋雨皱起的脸，宋执笑得捂着肚子蹲在地上。

少年的眼睛如浩瀚星辰，少年的笑容如徐徐清风，治愈了许秋雨不算美好的童年。

回忆跌入云霄，两个小时的时间一晃而过，晚上六点，许秋雨抵达云上镇。

此时，落日熔金，天空中浮动着金色的云霞，在夕阳的照耀下散发出温柔的光。而另一边，一轮弯月已经挂上天边，静静等待着城市变得深沉。

许秋雨打了一辆车抵达西宁路。

月中小区的保安在亭子里睡觉，许秋雨从栅栏的缝隙间跨过，毫无阻拦地走入小区。

楼栋中没有电梯，经过一天的奔波，许秋雨的身体已经很累了，他努力支撑着疲惫的双腿，爬上五楼。

他按响门铃，有脚步声从屋里传来。

门从里面打开，一个少女出现在面前，她脱去了厚厚的眼镜，在看到许秋雨后露出惊恐的神色。

她迅速关上门，却被许秋雨拦住。

他请求道："顾新月，我好不容易才找到了你，你先等等，听我把话说完，可以吗？"

顾新月惊慌地摇头，用尽全力推门，但她的力气怎么比得过许秋雨。

许秋雨用身体挡住房门，紧皱着眉头，苦苦哀求道："我已经知道是曹生和彭有成伤害了你，但我没有证据可以证明宋执的清白。我实在没法看到我最好的朋友带着冤屈离世，死后还要被网友指指点点，甚至他的母亲都因此跳楼自杀了。我求你了，你的证词对我真的很重要。"

许秋雨从口袋里拿出手机："我这里有彭有成的录音。"

他调出之前的录音，将彭有成说过的话放给顾新月听。

当顾新月听到彭有成的声音时，阻拦的力气瞬间消失，一双眼睛悄然落下了泪水。她扶着门缓缓蹲了下来，抱住双膝，哭出了声音。

那天是一场噩梦。

3月12日晚上，她留在班上自习，于九点五十分做完了最后一套试卷。当天的作业全部写完，她长长地舒了一口气，整理好书包往学校后门走去。

可就在她穿过寂静的树林时，一只手突然将她拉入阴影之中。

顾新月奋力地挣扎着，可双手却被曹生死死地摁住。

身上的衣服被迅速脱下，一切都来得太突然，顾新月只感觉到撕裂般的痛感袭来，鲜血从下身涌出。

她就像一只搁浅的鱼，奋力地呼吸着，最终却只能睁着绝望的双眼，怔怔地看着散发出温柔辉光的月亮。

远处职工楼的灯光亮了又暗，她瘫软在地上，好像死去了一般。

哭泣的声音细若蚊蝇，她想起高二和宋执做同桌时，他常常会给自己带早餐，尚有余温的早餐上，总是带着少年独有的馨香；他低着头给自己讲题时，神情总是很认真，自己常忍不住偷偷看他一眼。虽然她知道那道题怎么解，但她却装作不懂，只是为了和宋执多说上几句话……

她本想在高考后和宋执表白，但现在看来已经没有可能了，她的余生或许都只能在噩梦中度过。

曹生走后没多久就带来了彭有成。

面对彭有成的侵犯，她已经无力反抗，如同一个没有声音的布偶，任凭身上的人不断侵入。

尘土沾满后背，浸入发间。她闭上眼不去看身上少年的脸，似乎这样痛苦就会消减些许。

不知道过了多久，彭有成和曹生离开了现场。

她无力地倒在地上，许久之后她听到了一阵脚步声，一件东西盖在了自己的身上。她睁开眼，望见宋执担忧的神情：“顾新月，你怎么了？”

宋执小心翼翼地撕开顾新月嘴上的胶布。

顾新月低下头，看到自己身上盖着的校服，眼泪决堤般涌出：“宋执，我……”

宋执握着她的手：“别怕，我现在就去找老师，你在这里等我。”

话罢，他消失在小树林中。

月亮被雾气遮盖，顾新月面色苍白，嘴唇干裂，她睁着绝望的双眼，看着夜空。

忽地，她听到了班主任的声音：“顾新月！”他冲到自己面前，“是谁干的？”

她的脑中闪过所有和宋执的回忆，最终画面却一变，定格在曹生的笑容上——

“等会儿应该就会有巡视的保安过来，如果他问起是谁干的，你就说是宋执。如果你不说是他，或者把我供出去了，你知道后果。”

眼泪从眼角滑落，顾新月的双唇微颤：“是……是宋执……”

忽地，一阵窸窸窣窣的声音传来，顾新月对上了宋执惊愕的双眸。

她永远也忘不了那晚宋执的眼神。

月中小区。

此时，顾新月蹲在地上，长时间的哭泣让她头晕目眩，她痛苦道：“是的，那晚确实是曹生和彭有成伤害了我，我受到曹生的胁迫，不得已污蔑宋执。”

听到顾新月的坦白，许秋雨急切道：“只要你愿意站出来，说出那晚的真相，警察就会调查。”

“有什么用呢？这个录音是你威胁彭有成才得到的，不具有法律效应。”她捂着胸口，缓缓站起来，满脸泪痕，“而且，我已经没有证据可以证明是他们两个伤害我了。”

许秋雨一愣：“你之前有证据吗？”

“我有一条丝巾，3月12日那晚我一直戴在脖子上，那条丝巾上有证据。”顾新月抹掉脸上的眼泪，“高考后我把丝巾交给了宋执，但现在宋执已经去世了，那条丝巾不知去向，没办法给他们定罪了。如果我说出那晚的事情，只会遭到曹生的报复。”

“现在只要找到丝巾就可以了！”许秋雨的双手颤抖起来，他仿佛看到了希望，“如果我找到丝巾，你愿不愿意站出来，勇敢地说出那天晚上的真相？”

顾新月的发尾被风吹起，眼泪沾到了睫毛上。她没有回答，而是道：“我有一个东西要给你。”

顾新月返回屋中，在抽屉里拿出一个本子，递给许秋雨：“这是宋执的日记本，你是他最好的……朋友，他应该希望你知道全部的真相。”

许秋雨接过本子，疑惑道：“你怎么会有他的日记本？”

顾新月一愣，含混地答道："我和宋执一直都是秘密好友，他不希望我被牵连，遭受霸凌，所以我们都是私下联系。他在自杀前把这本日记交给了我。"

许秋雨点了点头，他将日记本抱在怀里："谢谢你。"

告别顾新月时已经是晚上九点，许秋雨在云上镇找了一家酒店入住。

窗外的月色被浓雾遮蔽，黑漆漆的夜空没有半点光亮。云上镇很小也很安静，只有永不停歇的风在低鸣。整个镇子好像都陷入了沉睡。

他坐在床上，翻开日记，看到了宋执被欺凌的全貌。

第十六章　少年的恶意

我不知道那场厮杀是什么时候开始的，
那些人就像不断撕扯着我血肉的鹰，
又像是啃食着我骨头的鬣狗，
让我只能不断挨打，最后死去。

2017年10月26日。

秋初，课间，窗外的阳光透过树林的缝隙洒在地上，幻化成不同的光影。宋执正发着呆，数着地上的碎光。忽地，一个少年的高呼在班上炸响。

“宋执作弊了！他改了自己还有其他同学的试卷！”梁缘冲入班级之中，仿佛一个胜利者般，双臂在空中不断挥舞，大声地喊着，吸引了全班同学的注意。

“我在林老师的桌上看到了这封信！”梁缘几步跨上讲台，念着信上的内容：“林老师：对不起，我不该作弊，改了试卷的答案。这一切都是我的错，我愿意请辞班长的职务，求您不要和同学们说这件事。宋执。2017年10月26日。”

“天哪！”全班同学发出尖叫，齐刷刷地望向宋执。

同学们开始交头接耳起来——

“难怪我的试卷上有改动的痕迹！”

“原来都是宋执，害得我被我爸骂！”

“太过分了吧！”

……

宋执站起身来，冲向梁缘，抢走了他手上的信。他看着信上的内容，手控制不住地发抖。

字迹很像，但不是他写的。究竟是谁的恶作剧？

“不是我写的！”宋执高声道，但他的声音很快就被淹没在学生们的起哄声中。

“闹什么啊？”突然，班主任林向善的声音传来，全班就像一下子被泡进了深海里，立刻安静下来。

“老师，宋执在您桌上放了一封信。”梁缘一把抢过宋执手里的纸，递给林向善。

宋执涨红了脸：“老师，不是我写的！”

梁缘指着信：“跟宋执的字迹一模一样，怎么可能不是你写的？”

林向善看完信后皱眉望向宋执，宣布了最终的结果：“宋执，来我办公室一趟。”话罢，便转身离开班级。

宋执握紧双拳，跟上林向善。

办公室里，林向善坐在椅子上，在信上点了点：“这是怎么回事？”

宋执摇头道：“老师，真的不是我写的！”

林向善叹了口气："我知道你在乎成绩，但也不能做出作弊的行为呀？"

宋执百口莫辩："虽然字迹很像，但真的不是我写的，老师你相信我！"

林向善显然不相信宋执的话："这样吧，这张纸我先替你收着，我也不会告诉你的父母，等毕业后你再来找我拿。班长你不要当了，先自己好好想想吧。"

上课铃声响起，言语在这一刻变得十分无力，不管宋执说什么，林向善都已经默认了这件事就是他做的。

"还愣着干什么，快回去上课啊。"林向善打开抽屉，将信放了进去，压在一堆纸张下。

宋执在林向善的催促中回到班上。他刚踏入班级，同学们就带着愤怒和怨恨的表情望向他。

他们的声音传到宋执耳中。

"他作弊啊。"

"没看出来，我们的第一名会做出这样的事情！"

宋执试图用高声压过同学们的闲言碎语："那封信不是我写的！我也没有改过答案！"

语文老师走入教室，在看到宋执后皱了皱眉："宋执，你站在这里干什么？回座位，上课了。"

那一刻，宋执觉得自己就像在沙漠中饥渴疲惫的旅人，面对熔化的铁浆般炙热的日光，他努力张口，却只感到天旋地转。

他沉默着走回座位上，却发现桌子上被人用彩笔写满了不堪入目的字眼。

宋执拿出湿纸巾，用力擦掉桌上的彩色印记。一整节课他都没有听进去，桌上的字仿佛烙印般刻在他的脑中，不断重复播放。

他感觉自己好像陷入了一个四面围起的孤城里，直面着一场精心策划的困局。周围人的目光仿佛一道道激光，照射在他的身上，让他无路可逃。

中午，他装作睡着，等班上同学都离开后，才起身，离开教室，走向食堂。

等他踏进食堂时，嘈杂的环境忽然安静下来，学生们都看向他。

“他就是三班的宋执，帮老师改卷子的时候偷偷改了其他同学的答案，为了让自己一直当第一名。”

“这么无耻的吗？”

窃窃私语传入他的耳中，他选择无视，径直走到打饭区，打了一碗汤。

可当宋执转身时，一个人突然走过，打翻了他手中的碗，整碗汤都撒在了他的身上。

番茄的味道粘在衣袖上，宋执看清了来人，是笑得肆意的曹生：“哟，这不是我们班的作弊狂吗？”

宋执压抑着怒火，望向曹生：“你是故意的吗？”

曹生耸了耸肩：“故意的又怎么样？”

宋执拿起汤勺，在桶里挖了一勺热汤，倒在曹生头上。

汤顺着头顶滴下来，曹生闭上眼睛，咬牙切齿道：“宋执，你有病吗？”

他抬手在脸上一擦，狠狠推了宋执一把。

沾满汤汁的指印落在宋执的校服上，他没有站稳，向后踉跄几步：“只允许你撞我，不允许我泼你吗？”

“你！”

宋执无视了曹生，转身走入厕所，打开水龙头，冲洗衣服上的污渍。

那时他尚未知晓，快乐平静的生活已经离他远去，他面临的将是没有边际的深渊。

“被大家排挤的感觉怎么样？”

熟悉的声音传来，梁缘的脸出现在镜子里，他静静地看着宋执，微长的头发半遮住眼睛。

“什么意思？”宋执望着镜子里的人，问道。

梁缘笑了笑：“你是不是很想知道承认信是谁写的？”

水声哗啦作响，宋执拽过梁缘的衣领，不可置信道：“是你？”

梁缘笑得更大声了：“对啊。”

宋执咬牙道：“为什么？”

梁缘不可置信地看着宋执：“为什么？你竟然问我为什么？”

他的脸突然扭曲起来："高一的时候你救了我，在那之后我就把你奉为英雄，但你为什么不救我救到底呢？你为什么有那么多的朋友，为什么要对他们也笑得那么灿烂？你拥有那么多，我却只有你，为什么这么不公平！"

梁缘的父母很忙，除了钱，他们没有给梁缘任何东西。

梁缘从小就很孤独，一直很想交朋友，可所有靠近他的人都将他当成提款机，他没有得到过真正的友谊。

他懦弱又无能，只能将自己的心不断掏出来，想以此换取别人的关心和友谊，但他的真心却一次又一次地被人践踏。

进入高中时，梁缘曾被曹生表面上乖学生的样子欺骗，走近后才发现曹生是个恶魔。

自此，就因为他软弱，因为他有钱，因为他真诚到近乎愚蠢、拥有着没有锋芒的善意，他成了众人欺辱的对象。

这个时候宋执出现了，他坚定、勇敢，如英雄一般，将曹生打退。他甚至幻想宋执是个世外高人，可以教自己武功，让自己成为一个强大的武林高手。

可为什么，为什么宋执不能救他救到底呢？为什么他不能时时刻刻和他在一起，帮助他躲过曹生的伤害？为什么不能把他当作最好的朋友？为什么不能像对待许秋雨一样对待他？

他怨恨宋执、嫉妒宋执，甚至在欺负宋执时感受到了一种宣泄愤怒的快感。

此时，梁缘满足地笑道："我更要感谢你，因为想到了整你的办法，曹生再也不会欺负我了，他甚至愿意和我做朋友，我也有了真正强大的朋友，我再也不需要你了！"

愤怒冲上宋执头顶，宋执一拳挥向梁缘："你是个变态吗？"

梁缘的眼镜被打得歪了过去，但他依旧笑着："现在你才是变态啊。"

宋执喘着粗气："我要告诉别人……"

话还未说完就被笑声打断，梁缘笑得前仰后合："别人会信吗？你的字我可是整整模仿了三个月，没有人能比我写得更像了。"

无数的深夜里，他拿着偷来的试卷和本子，拙劣地模仿着宋执的字迹，仿佛这样就能离他更近一些，仿佛这样就能与他融为一体。

梁缘笑道："其实压根就没有人改过卷子的答案，同学们只是不愿意承认自己考得差罢了，不想让父母因为他们的成绩争吵，指责他们。"

宋执红着眼："你到底想干什么？"

"我恨你，我想让你也尝尝我曾经遭受过的痛苦。"

他拍了拍手，三个校外的混混便走了进来，不断逼近宋执。

宋执朝厕所外跑去，却被他们一把拽住，狠狠摔在地上。

恶意席卷而来，将宋执包裹住。他不断挣扎着，踢踹着来人，却无济于事。

他看到梁缘退了出去，脚步渐行渐远。

“放开我！”宋执高喊道。

他从来没有这么渴望过这个世界就此毁灭，所有人都烟消云散，而他也化作沉默的灰烬，什么都不用想，什么也不用看。

天花板在眼前不断摇晃，他就像一个破掉的皮球，所有的力气从体内泄掉。

周围的人仿佛变成了一个模样，他们戴着小丑面具，不断大笑着，在宋执的眼前忽远忽近。

他们把宋执捆起来，将抹布塞入他的口中，把他拖进了狭窄的杂物间里。

狭小的空间让宋执无法动弹，他想发出声音，却发不出任何声音，如陷阱中的动物一般，发出呜咽。

直到太阳西斜，放学的音乐响起，才有人打开了杂物间的门。清洁大叔显然被眼前的场景吓了一跳，他赶紧松开宋执身上的绳子。

“同学，你没事吧？”

宋执条件反射般地躲开，他冲到洗手台，冲洗嘴巴。极强的水柱冲击着他的喉咙，令他控制不住地干呕。他几乎把胃里的酸水都吐了出来，才踏着碎掉的月光离开。

周围的人好像都带着重影，在宋执的眼前掠过。

他走入教师办公室，看到正要离开的林向善："老师……"

话还未说完就被打断，林向善皱眉道："宋执，你怎么一下午都没去上课？"

宋执的声音嘶哑而虚弱："有人把我关进了厕所。"

"谁？"

"梁缘和三个校外的混混。"

"胡说，梁缘一下午都在上课。"

"老师……"

林向善不耐烦地打断了宋执还未说完的话，便道："明天叫你家长来一趟。"

第十七章　恶意的重量

他们的恶意压在我的身上，让我喘不过气。我时常想，如果我死了的话，这个世界会不会不一样？

2017年10月27日。

第二天下午，林向善叫来了宋执和梁缘的家长。

梁缘的母亲穿着一身的名牌，挎着宋执从未见过的包走进办公室，她的身后跟着一脸委屈的梁缘。

宋安穿着一个印着“宋爸爸卤菜”的旧衣服，局促不安地走进办公室。他的两鬓夹杂着少许白发，身上沾着卤菜的味道。他似乎连头都抬不起来，弓着脊背听林向善说话。

“宋爸爸，宋执和梁缘发生了一些矛盾。宋执说自己被他们关进了厕所里，但梁缘却说宋执冤枉他，他们只是有点小冲突，而且宋执还打伤了梁缘的手。”林向善一脸为难道。

梁缘撩起袖子，只见他的手上有一道血淋淋的伤口，虽然已经上了药，但还是十分吓人，皮肉都翻了出来，他恐惧地望着宋执：“你为什么要说谎，明明是你拿刀划伤了我！你看到我受伤后就跑了。我根本就没有把你关进厕所里。”

宋执紧紧攥着双手，怒声道：“为什么要诬陷我？当晚的清洁大叔也看到了，是他把我放出来的！”

他走出办公室，把早已请来的清洁工拉了进来：“叔叔，你说，是不是他们在说谎？昨天晚上……”

男人摇了摇头，打断了宋执的话：“我没有看到你。”他看着宋执，表情坦然，“怎么会有学生把你关进厕所的隔间里呢？”

宋执一愣，愤怒的情绪被一股极强的悲凉冲淡，他抓着男人的手缓缓滑落：“为什么？”

梁缘的妈妈开口道：“我们已经找了律师了，不管是谁说谎，都法庭上见吧。”

宋安立刻急了，替宋执承认了罪行：“梁缘妈妈，宋执不懂事，您原谅他好不？求求您不要告他，他一定不是有意的。”

宋安拉过宋执：“宋执，来，跟梁缘道歉。”

宋执甩开宋安的手：“我没有做错，我不道歉！”

“啪。”一个巴掌甩在了宋执的脸上，宋安红着眼吼道：“道歉啊！你还想不想继续读书了？”

宋执的眼睛红了：“爸，你为什么不相信我？”

宋安将宋执的后背强行按下，朝着梁缘鞠了一躬：“对不起梁缘，我替宋执向你道歉。”

宋执的骄傲和自尊在此刻如摔在地上的镜子般一片片支离破碎。

难以忍受的委屈与痛苦涌上心头，他无力地垂下了头颅，在屈辱中苟延残喘。

宋安不断向那群施暴者鞠躬道歉，脊背好像被整个沉重的世界压住，怎么也抬不起来。

梁缘拉了拉母亲的衣袖：“妈，宋执也不是故意的，我和他之前是很好的朋友，我们就不要告他了。”

宋执抬起头，看着梁缘在大家面前装模作样，突然觉得很好笑，他想笑出声来，却被宋安再次压弯了脊梁，他听到宋安道：“对不起，梁缘，请原谅宋执。”

梁缘连连摆手：“我们都是同学，没事的，我原谅宋执了。”

最终，这场闹剧在梁缘母亲的冷哼中终结。

宋安拉着宋执走出办公室，他看着宋执的样子，只觉得怒火中烧：“你为什么要惹他们？”

宋执的眼前蒙上了一层雾气：“爸，我没有，是他们在说谎！”

“我是不是跟你说过，当官的和有钱的都不要惹，你为什么不听？”宋安看了宋执一眼，用极尽痛心的语气道，“宋执，我对你太失望了。”说完转身就向楼梯走去。

宋执快要哭了：“我真的没有！”

他站在原地，看着宋安的身影逐渐远离，最终还是追了上去。

“爸，我能不能转学？”宋执试着勾起嘴角，露出一个苦笑，“私立学校的学费又贵，转学了还能拿回一部分学费，把欠亲戚们的钱还上。我都想好了，转到六中去。六中不是重点高中，以我的成绩应该能顺利转过去……”

宋安突然停下脚步，转过头望向宋执：“你知不知道我和你妈为了让你上这所高中，求了多少人？”

宋执的眼泪落下，他抹掉泪水，绝望地看着宋安：“可是他们在欺负我，我真的没有伤人。”

“转学的事情想都不要想！你给我好好读书，考上好的大学，才能改变你的命运！”宋安看着宋执，“不然你真想像我一样摆一辈子地摊，卖一辈子的卤菜吗？”

宋执没有说话。

看到沉默的儿子，宋安一把拉过他，拽着他往班上走去。

班上的同学都在埋头自习，在听到脚步声后，纷纷抬起头来。

宋安一脚跨上讲台，向全班同学鞠了一躬：“我听宋执说，大家可能对他有什么误会，所以才会产生一些矛盾。我在这里向大家恳求，多多照顾我家孩子，大家好好相处。”他顿了顿，“宋执学习很努力，为人也很阳光，一定不会是大家想的那样。”

不知道是谁高喊了一声：“怎么不是我们想的那

样？他就是个作弊狂！是个撒谎精！”

宋安一愣，望向高呼的少年：“作弊？”

少年耸了耸肩：“宋执都承认了，承认书都在班主任那里。”他一脸嫌恶地说道，“快把你儿子带走，不要污染我们的学习环境。”

下课铃声响起，宋安走下讲台。他看都没有看宋执一眼，抬手将宋执拨开，朝办公室走去。

宋执从来没有觉得时间这么难熬，他仿佛坠入深海，快要溺死在黑暗中。

“和作弊怪做同桌是什么感觉？”曹生站在顾新月面前。

顾新月低着头，不住地发抖。

“宋执这么无耻，你还跟他坐在一块儿，你是不是喜欢他？”曹生将双手撑在顾新月桌上，凑到她的面前，“哎哟，怎么哭了！”

顾新月似是被吓到，她不断抽动着肩膀，眼泪从眼角落下，热气模糊了眼镜的镜片。

宋执冲到曹生面前，将他推到一旁：“不要欺负她，和她没有关系。”

“哟，你还在逞英雄啊！”曹生笑道。

宋执无视曹生，他把自己的桌子拉开，往最后一排拖去。

桌脚在地上发出刺耳的声响，周围的同学纷纷捂住耳朵，朝着宋执大喊：“吵死了！”

宋执将桌子放在全班唯一的空位上，坐了下来。旁边就是散发着恶臭的垃圾桶，可他仿佛闻不到一般，翻开书，准备做题。

可没想到的是，他的书也早已被人用刀划得乱七八糟。

“没了书我看你怎么学！”曹生冲着宋执嗤笑一声，回到座位上。

窗外的黄叶被风吹起，在空中打着旋儿，如同被抛弃的旧物，穿过打开的窗户，落在宋执的桌上。

宋执感觉头很晕，有点喘不过气，眼前的世界仿佛是泼了油墨的纸，凌乱而模糊。他趴在桌子上，在老师的声音中昏昏欲睡。

梦里，他好像在海上漂浮，他很想吐，却怎么也醒不过来。

等他清醒时已经放学了，他木然地睁开眼睛，努力撑起沉重的身体。

班里只剩下他和梁缘，梁缘正坐在他旁边的座位上，笑眯眯地看着他。

宋执没有理会他，把桌洞里的书放到书包里。

“你知道那个清洁工为什么要说谎吗？”梁缘问道。

宋执望向梁缘，没有说话。

“因为我给了他一千块钱，”梁缘笑了，表情夸张，“他就为了一千块钱把你卖了。”

宋执义正辞严道："不管怎么样，没做的事情我永远也不会承认。我无愧于我自己，而你呢？"

梁缘突然捂着嘴巴，嫌弃道："你的口好臭啊，有股破拖把的味道。"

宋执一愣，呆在了原地。

梁缘慢悠悠地离开，留下他一个人。

他低着头，双手紧紧地攥着。

不可能有味道，明明已经刷过牙了。

可不知道为什么，仿佛真的有一股抹布的味道从口里传来，让宋执一阵阵地泛恶心。

他抓起书包，坐上回家的公交车。

他尽量避开所有人，走到最后一排坐下。他紧闭着双唇，看着窗外不断后退的人流，试图让自己放空。但拖把的味道仍然不断传来，萦绕在他的口中，让他忍不住的恶心。

回到家后，他跑到厕所里，一遍遍地漱口，直到半管牙膏都用完，牙龈流出了血，他才停下。

铁锈般的味道充斥在口腔中，他将双手撑在洗手台上，大口呼吸。

忽地，一只粗糙的手拉过他的手臂，把他拽到客厅里。

宋安抄起柜子上的鸡毛掸子就往他身上抽去："你为什么要作弊啊？不但改了自己的答案，还改了同学的答案！我对你太失望了！"

宋执感觉自己仿佛落在了黑色的沼泽里，身体在不断下坠。身体变得很沉，额头不断传来阵阵钝痛。黑色的淤泥如生长的藤蔓渐渐覆盖了整张桌子，爬上了墙壁，直到包裹住整个房间。

“你真是愧对我们老宋家的列祖列宗，你怎么这么丢脸？”宋安一边打一边痛心疾首道。

一旁的李秋华动也不敢动，她闭上眼睛，似是不忍看到眼前的一幕。

宋执知道，从小到大，宋安打自己，都是为了发泄。只要忍住，让他发泄完就好了。

不知道过了多久，啪的一声，鸡毛掸子折成了两半。

周身的疼痛这时才后知后觉地传来，眼前的世界翻转着，宋执倒在了地上。

昏迷中，宋执发起了高烧，不分昼夜地昏睡，数不清的梦境如海浪般涌来，梦里全是许秋雨——他们时而站在海镇的沙滩上，扬起双手拥抱如火焰般燃烧的夕阳；时而坐在公交车上，一人一只耳机，听着最新发布的流行音乐，双手在空中轻轻地打着节奏；时而站在操场中央，伴着雄壮的国歌，庄严地看国旗升起。那时的他们风华正茂，向阳而生……

梦境逐渐扭曲，变成梁缘摸上脸颊的右手，再变成曹生如小丑般的笑容，最后变成父亲打在身上的鸡毛掸子。

宋执忽地惊醒，看到趴在床边一脸憔悴的李秋华。

“醒了？”李秋华欣喜地看着宋执，“还难受吗？想不想吃面？妈妈给你煮。”

宋执低下头，沉默在二人之间蔓延开来，一点一点将整个房间侵吞。

李秋华摸了摸宋执的头发，试图说些什么来缓和他与宋安父子俩的关系，半晌才道：“你爸他就是这个性子，打完之后又后悔，但拉不下面子道歉。”

宋执摇了摇头，想说话但喉咙却痛得发紧，只能又点点头。

“你爸已经向林老师请假了，你今天就在家里休息。你再躺躺，我给你煮面吃。”李秋华说着，便往房间外走去。

宋执起身，倚靠着枕头躺着，转头拿起手机，看到几条未读的短消息，发送人都是许秋雨。

许秋雨：宋执，阶段性测试我拿了A。国外的数学都好简单，你要是来了，一定能拿全校第一。

许秋雨：宋执，不知道高二的学习生活紧不紧张？我这边都快爽死了，每天轻松得不行。

许秋雨：宋执，我最近又交了几个朋友，他们对我还蛮友善的。

消息下面是许秋雨和几个外国人的合照，他笑得灿烂而阳光。

虽然都是些无关痛痒的内容，但宋执看到后还是忍不住笑了笑，打下几个字：真好。

很快，许秋雨的信息就发来了：你这几天很忙吗？怎么没有回信？

宋执：有点感冒，现在已经好了。

许秋雨：那就好。我们这边已经是半夜十二点了。我每天都等你到十二点，你感不感动？

宋执：感动。你快睡吧。

许秋雨：好，晚安。

宋执：晚安。

宋执缓缓放下手机，任由自己的心脏被痛苦灼烧，唇瓣紧抿，眼底似透出一股坚定。正午的阳光透过窗帘的缝隙，斜斜地泻入房间，留下一束金灿灿的光柱，把房间的一切空虚盈满。看着这道光柱，宋执的眸子有了些色彩。

很快，李秋华就端来了一碗热腾腾的汤面。宋执一天没有进食，肚子饿得很，很快就吃完了一碗面。

下午，他坐在狭小的房间里，找出几张干净的试卷，认认真真地把它们全部做完，对了答案。

他的成绩很好，数学142，英语139，文综230，如果一直能有这样高的分数，考上一本院校没有问题。

看着眼前的成绩，他久违地笑了笑。

他站起身，伸了个懒腰，桌上的笔却随之滚落，掉在了地上。宋执把笔捡起，却发现笔头已经弯了。

他翻了翻笔袋，发现已经没有笔可以用了，便穿上外套，来到附近的小卖部里买笔。

初秋的风裹挟着凉意袭来。一整天的高烧让人乏力，他在路上慢慢走着，脚步虚浮，平时十分钟的路程，他晃悠了将近三十分钟才走到。

小卖部不大，但里面却别有洞天，摆满了各种各样的文具。

宋执挑了几支笔，忽地，他看到不远处有个人正背对着自己，抬手拿了一个笔记本，塞进外套之中。

宋执立刻高声道："老板，有人偷东西！"

偷书的人被吓了一跳，他转过头，恶狠狠地盯着宋执。

宋执望见了一个熟悉的面孔——偷东西的人是林向善。

"老师？"宋执一愣，上上下下看了林向善半天，才确定他真的是自己的班主任。

此时，老板跑了过来。

林向善的手被老板拽住，外套里的笔记本掉在了地上。

"来人啊！这里有小偷！快报警！"老板高喊道，周围的人越聚越多，都在围着林向善指指点点。

林向善抽走自己的手："你干什么啊？"

话罢他就往人群外跑去，却被老板抓住了肩膀：

“我看得清清楚楚，你偷了我家的东西。”

林向善表情慌张：“我没有，你松开我！”

林向善是体育老师，身形比一般人要健壮，但老板也是常年运动的人，一双手臂上都是肌肉，他牢牢地锁住林向善的脖颈。

林向善被勒得满脸通红。

忽地，一张纸币递到老板面前。

宋执望着他，一双眼睛干净而透亮：“老板，我替他付钱。”他接着道，“如果真的闹到警察那里去了，您今天的生意也做不了了。”

老板思考了一会儿，收下钱后便松开林向善，挥了挥手：“行吧行吧，让他赶紧滚蛋。”

林向善踉跄几步，走出了小卖部。

宋执拿起书，准备往家中走去。

可他的心中并不平静，仿佛有一个天使在他耳边不断指责着他的行为。他突然发现自己也是一个自私胆小的人，今天的所作所为背弃了他想成为一个好律师的正义原则。

脚步声从身后传来，林向善追上宋执，有点不好意思地说：“宋执，我不是故意的，最近家里催婚催得厉害，学校又一直盯着我们班的成绩，我实在是压力太大了……”

林向善从小就厌恶老师这个职业，他学体育是为了当一名运动员，但他的个子不够高，最终只能在父母的安排下进私立高中当体育老师。父母又找了关系，给校长塞了钱，没几年他就当上了班主任，平时带一带体育课。按理说他的工作应该非常轻松，但校长又看不起他这个关系户，每次只要班上成绩下降，校长就会指着他的鼻子骂。每每回家时，父母还要催婚，给他冠上不孝的名头。这些压力让林向善几乎喘不过气。

有一次，他在超市里买东西时看到了一个偷东西的小孩。

小孩伸出手偷偷拿走了一个果冻，面色自然地走出超市。那一刻，他的心脏突然疯狂地跳动起来。他如法炮制地抓了一个果冻，藏进袖子之中。他紧张地转过身，快步离开了超市。当他走到小巷之中时，他感觉有一阵热意冲上了头顶，开始控制不住地剧烈喘息起来。一股快感传遍了全身，他露出了欣喜的笑容。

实在是太快乐了。他吃下那个果冻，感觉自己好像飞到了空中，在云朵之间飘荡。

之后他就爱上了那种感觉，每隔一段时间就要偷点东西，不然他就辗转反侧、无法入眠，浑身仿佛被虫蚁啃啮，又痒又痛。

此时，林向善仍然在宋执身后不断说着：“宋执，我知道这样不对，但……”

宋执突然转过头，看着林向善，最终还是道：“老师，放心，我不会说出去的。”

林向善一愣，随即连声感谢：“谢谢，谢谢你，宋执。”

宋执点了点头，转身回到家中。

晚上，宋执一直盯着黑暗的角落发呆，他的脑中重复播放着自己和林向善的对话，到凌晨才爬上床。

他一想到第二天要上学，就紧张得发抖，怎么也睡不着。等到天渐亮时，才陷入睡梦之中。

在梦里他被一个黑衣人追杀，他的双腿仿佛灌了铅般怎么也跑不动。很快黑衣人就追上了他，将一把刀刺入他的身体，他转过头，看到黑衣人摘下了面罩，是林向善。

他从梦中惊醒，再也无法入眠，只能起床。洗漱好后他离开家，坐上公交。

下了公交后，他踯躅了半天，才往学校走去。在路过一个小巷时，他的口鼻突然被人捂住，整个身子被拖进了黑暗里。

曹生一把将他推到墙壁上：“你终于来了？”

宋执警惕地看着曹生：“你想干什么？”

曹生一掌甩到宋执脸上，留下一个鲜红的手掌印：“就想揍你，你能怎么样？”

宋执抬起右脚，狠狠地踹在曹生身上。

曹生捂住肚子，连连向后退了几步。他紧皱着眉头，忍痛咬牙道：“还愣着干吗？打他啊！”

莫霆一拳朝宋执挥去，宋执却偏头躲过。

"你还敢躲？"曹生一脚踹在宋执的膝盖上，宋执控制不住地倒在地上。

"我记得你爹妈的卤菜摊子就开在六高附近，对吧？"曹生居高临下地看着宋执，"我有很多社会上的朋友，你之前不是见识过他们的厉害吗？"

宋执的瞳孔瞬间放大："你要对我父母做什么？"

"看你咯。"曹生摊了摊掌，"你一直反抗，我可不知道自己会做什么。"

宋执的右手紧紧攥住，又缓缓松开，他沉沉地叹了口气，但下一秒，他的叹息声就被拳脚声盖过。

他恍恍惚惚地抬头，望见被太阳照耀着的小巷尽头，少男少女快步走过，他们正嬉笑着，洋溢着元气与活力；上班的人骑着自行车，有人拨动铃铛，发出清脆悦耳的声响。

阳光毫不吝啬地洒在他们的身上，他们好像拥有最美好的未来。

不知道过了多久，这场暴行终于结束。

曹生看着跪倒在地上的人，蹲下了身子："今天要考试，但我不想看到你考得那么好。"他拍了拍宋执的脸，"你明白吗？"

话罢，他一脚猛踩在宋执背上。

宋执倒在地上，呜咽声最终被黑暗所吞噬。

2017年12月18日。

自从那次被曹生殴打之后，宋执的成绩便一落千丈，每次考试时他都会估一下分数，再选择空几道大题，将分数控制在及格线左右。上课时他也会装睡，用耳朵努力听老师讲课，再记到心里。

一开始老师还会找他谈心，疑惑他为什么突然考得这么差，上课也不听讲，还劝他把精力放在学习上面，但他每次都是沉默地低着头看着鞋尖，久而久之老师也放弃了找他谈话。

每次父亲在得知他的成绩后，总会打他一顿，他也只是默默地承受父亲的鞭笞，不说话。

在面对曹生等人的欺凌时他学会了沉默。久而久之，他们开始觉得宋执很无趣。

就在宋执以为他们不会再找自己的麻烦时，他们又一次把他堵在了厕所里，曹生将他按在墙上："我们的大律师，遇到不公的事情时是不是应该揭发它？"

宋执不说话，只是偏着头看着地板上的脏水，双眸逐渐失神。

曹生拍了拍宋执的脸："又不说话？哑巴了你？是不是想挨打？"

"曹生，等等。"梁缘拉过曹生，制止了他的行为，"我和他说几句话。"

曹生不满道："快点说！"他让开身子，向后退了几步。

梁缘附在宋执耳边，轻声道："只要我想，随时可以让许秋雨名声扫地，即便他现在不在国内，可他总会回来，他的妈妈还在这里。”

梁缘知道，想要控制一个人很简单，用他恐惧的事物吓唬他，用他在乎的人威胁他，最后挖出他心底最在乎的东西，彻底摧毁他。

宋执高喊道：“你想干什么！”

宋执的吼声将刚进入厕所的人吓到，那人在看到眼前的阵仗后立刻跑出了厕所。

梁缘轻言细语道：“别害怕，我们只想让你做一件事。”他顿了顿，“我们看到林向善偷东西了，你不是很正义，想做律师吗？先从这件小事做起吧。去校长那里揭发他。”

宋执的眼中噙着怒火，他死死地盯着梁缘，所有的愤怒最终都化为妥协：“好，我说。”

宋执踏入校长办公室时，校长正捧着一盏茶杯，挺着圆鼓鼓的啤酒肚，看着窗外的景色。他打开杯盖，雾气从中飘出，氤氲了他的面容。

宋执敲了敲开着的门：“报告！我是高二三班的学生宋执。”

校长似是被吓了一跳，他放下茶杯，望向宋执：“有什么事吗？”

宋执没有犹豫：“我想报告一件事。”他站直了身子，“我班班主任林向善老师曾在一个月前行窃，偷窃地点是西城区58号街的望子小卖部。”

校长皱了皱眉，他似是没有听到宋执说的话：“什么？”

宋执又重复了一遍。

校长严肃地看着宋执，质疑道：“一个月前的事情为什么现在才说？”

宋执义正辞严道：“我思考许久，还是觉得应该将这件事报告给您。”

校长拿出手机，拨通了林向善的电话：“林向善，你来我办公室一趟。”

没过多久，林向善就走入办公室，当他看到宋执时，心里便涌起一丝慌张，他怀疑宋执是来揭发他偷窃一事的。

接下来校长的话验证了他的猜测：“林老师，这名学生说你偷窃。”

林向善慌了，但表面上还是强装镇定，他连忙摇头：“不可能，我以老师的身份起誓，我不可能做出这样的事情，一定是他在污蔑我。”

校长双手交叠放于下巴处，他看了宋执一眼：“你有证据吗？”

宋执迎上校长投来的目光：“望子小卖部的老板可以证明。”

“人证可以作假，我要的是物证，比如监控之类的。”校长扬了扬下巴，“你有吗？”

宋执看着校长：“没有。”

“没有，那就给林老师道歉。”校长抬高了声音，“你竟然在这里污蔑老师，之前学生间的传闻是不是你说的？”

他早就在学生那里听说了林向善偷窃的传闻，但他一直没有管这件事，他完全不相信本校的老师会做出行窃的事情。

宋执摇了摇头，他的牙关咬得极紧，可出声的勇气却渐渐消散。神色空了一瞬后，他再抬眼时，已是平静，他顺从地对林向善鞠躬道：“林老师，对不起，我污蔑了你。”

他想起上一次父亲压弯的腰，看不到尽头的黑暗继续蔓延，撕扯着他的皮肉，但他表面上仍像一个机器人，麻木地做着让自己都感到不可理喻的事情。

林向善笑着拍了拍宋执的肩膀：“没事，小孩子嘛，爱捉弄人，可以理解。”

校长直接给宋执宣判了死刑：“污蔑老师偷窃，伤害老师自尊，在年级中传播谣言，记一次警告处分。”他继续道，“如果下次再犯，处分就记进你的档案里了。”

校长的表情仿佛在眼前放慢了一般，宋执看着眼前不断颤动的肥肉，想说的话最终还是化为了两个字：“好的。”

莫大的悲哀都变成了无奈，消散在宋执的叹息声中。

走出办公室后，林向善的笑容瞬间消失，他恶狠狠地瞪了宋执一眼："你给我等着！"话罢，他转身朝班级里走去。

宋执知道自己失去了林向善的庇护，但他没有想到的是，接下来的日子更是梦魇的开端。

2017年12月20日的下午，体育课在游泳馆进行。

三中是整个海镇唯一拥有恒温游泳池的高中，这也是三中一直引以为豪的存在。

那天宋执被曹生用绳索捆住，再次扔进了厕所的隔间。

宋执学聪明了，时时刻刻都在口袋里装着一个刀片，他用力划开绳索，踩在杂物上，翻出隔间，离开厕所，跑入游泳馆的更衣间。

等他换好衣服时课程已经进行了大半。

林向善看到宋执，便阴沉着脸朝他走来："为什么迟到？"

宋执正要开口就被林向善打断，他愤怒道："你就这样不尊重老师？"

林向善的声音在整个泳池中回荡，所有学生都立刻噤声，朝宋执望去。

曹生和梁缘相视一笑，在水下击了个掌。

宋执此时选择了沉默，他知道不管他说的是实话还是假话都没有用了，林向善不会再相信他。

“六十个深蹲跳，现在就做！”林向善下了命令。

宋执将双手交叠放于脑后，按照标准的姿势做起了深蹲。

林向善在旁边吹响哨子：“快点！你太慢了！”

宋执加快了速度，心脏加速跳动起来，呼吸开始变得不顺，他大口地喘息，喉咙干涩得仿佛能听到摩擦的声响。

六十个深蹲跳做完后，他倒在了地上，苍白的面孔毫无血色。

“下水！”林向善不管不顾地拖着宋执，将他扔进了水中。

吵闹声瞬间被灌入耳中的水声盖住，突如其来的水压刺得宋执耳朵生疼，他还没有准备好就被拉入水下，鼻子和口中都呛了水，不受控制地冒出气泡。

宋执踩在泳池的瓷砖上，求生的本能让他浮出水面，他剧烈地咳嗽起来。

“连憋气都不会了吗？”林向善的手盖上宋执的头，将他猛地按进水中。

窒息感涌上，咕咚咕咚的声响占据了双耳，宋执奋力地抬起双手，想要抓住什么却是徒劳，就在他要失去意识时又被林向善抓着头发，拉出水面。随即又是一股从头顶压下来的力量，将他按入水中。汹涌而来的水花将宋执包裹，他感觉自己就要不能呼吸了，他抓住林向善的手，用力将它从头顶拿开，猛地钻出水面，开始大口地喘息。

“老师……我……喘……不过……气了……”

宋执开始猛烈地咳嗽起来，喉咙仿佛被人捏住，怎么也呼吸不过来。

他奋力走向阶梯，踉跄着爬上去，奔入更衣室，从书包里拿出布地奈德气雾剂，将喷口塞入口中，按下开关。

药物瞬间喷入，他深吸一口，一分钟后，他的呼吸逐渐顺畅起来。

他扶着更衣柜，缓缓坐了下来，眼泪从眼眶滑落，他感觉自己快要支撑不住了。

泳池中，林向善看着自己的手，他突然发现了另一个更有趣的“游戏”——惩罚不听话的学生。

这个游戏令他感到放松不已，积攒在体内的压力会在瞬间发泄而出。

第十八章　爱与救赎

这个世界疯了，但是别害怕，得到爱，就得到了救赎。

2018年1月18日。

期末考试宋执依旧考得很差，所有科目都徘徊在及格线附近，他带着成绩单回家，却意外地没有遭到父亲的打骂。

宋安只是沉默地坐到桌旁，吃起了晚饭。他看着站在一旁不敢动的宋执，用筷子敲了敲碗沿："吃饭。"

宋执的心口竟涌起了一丝感动——父亲即使很生气却压住了怒火，甚至关心自己，他感觉自己得到了许久未曾感受到的父爱，所有的痛苦都在此刻得到了救赎。

他依言坐到饭桌旁，吃起了饭，话比往常多了起来："爸，今年过年还是回老家看爷爷吗？"

宋安沉默地点了点头，似是有些心不在焉，不知道在想什么。

宋执期待道："我好久没见到小虎他们了，今年回老家一定要和他们聚一聚，一起吃饭放烟花。"

宋安看了宋执一眼，没有回应。

李秋华也是不同往常的沉默，整个饭桌仿佛都被一种怪异的窒息感所包裹。

宋执捧着碗，不解地看向宋安："爸，你怎么不说话啊？"

得到的依旧是无言的沉默。

宋执突然觉得很慌，一种没来由的不安感攫住了他。他望向李秋华："妈，发生什么事了？你们怎么都不说话？"

李秋华怜爱地看向宋执，摇了摇头。

胡乱的猜想占据了大脑，他似乎明白了父母沉默的原因："爸，妈，我知道我没有考好，让你们不开心了。对不起，你们肯定很失望。"他急切道，"但我高考一定会考好的，你们相信我！"

沉默在整个房间里蔓延开来，没有人再说一句话。

此时，门铃声突然响起。

李秋华小跑着过去开门，两个约莫四十多岁的男人走入屋中。

"叔叔！大伯！还没有过年呢，你们怎么先到我们家来了？"宋执看到他们后，惊喜地站起身来，他已经一年没有见到他们了，"叔叔，最近一切顺利吗？生意做得好吗？大伯，最近身体怎么样？上次住院后应该好很多了吧？"

可他们也不说话，沉默着走向宋执，架住他的双手，把他往外拖去。

手中的碗掉在地上，裂成了碎片。宋执慌张地看着自己的亲人，双腿不自觉地跪了下来，试图用身体的力量抵抗他们的拖拽：“叔叔、大伯，发生什么事了？”

宋安朝自己的哥哥问道：“都安排好了吗？”

中年男人点了点头：“安排好了，放心，是海镇最好的精神病院。”

宋执的瞳孔倏地放大，他似是意识到了什么，开始猛烈地挣扎起来：“什么精神病院？你们送我去精神病院干什么？放开我！快放开我！”

可他的挣扎只是徒劳，他的力量完全被两个中年男人压制住。

宋执伸出手想要抓住什么，可身体却一直被他们往外拖去，他惊恐地看着李秋华：“妈，救我，救我！”

李秋华流下了泪水：“孩子别怕，去住一段时间的院就能好起来了。”

宋执奋力地蹬着双腿，他哭喊起来：“松开我，松开我！”

李秋华跟上宋执，一边哭一边道：“住完院后你就不会和你爸爸顶嘴了，成绩也会重新变好。”她嘱咐道，“阿执，在医院里一定要配合医生的治疗，其他的什么都不用想，爸爸妈妈会等你出院。”

宋执不可置信地看着李秋华和宋安：“你们觉得我

疯了吗？”

宋安和李秋华没有回答。

宋执哭出了声音：“我没有疯啊！我没考好是有原因的，我是故意的！每个科目的试卷我都空了好几道大题，其实我都会做！”

宋执激烈地挣扎起来：“爸妈，不要送我去精神病院，我没有疯！”他哀求道，“我以后不会再和爸爸顶嘴了，我一定好好学习，我保证，求求你们了，你们相信我啊！”

可宋安却拿出了一根绳子，将他结结实实地捆了起来，然后丢进了车中。

一路上，宋执都在奋力地挣扎，可不管他说什么，怎样哀求都没有人理会他。

抵达医院后，他很快就被送入医生办公室，宋安汇报着宋执“发疯”的迹象，医生一边皱眉一边在纸上记下他的症状。

宋执近乎崩溃地大喊道：“我没疯！我真的没疯！我不要住院！”

可他的反应在医生的眼里就是“疯了”的最好证明，他最终住进了海镇第三精神病院。

医生和护士将挣扎的他绑在病床上。

他们拿出针管，开始配药。

宋执大吼道：“你们要干什么？你们要对我做什

么？”他用力地拉动身上的束缚带，可带子却越绑越紧，他看着不断靠近的护士，蹬踹着双腿，“离我远点！离我远点！”

护士拿出棉球，沾上酒精，在他的手臂静脉上涂抹。

眼泪从眼角滑落，宋执猛地摇头：“我没有疯！你们不能这样对我！”

护士无视了他的话，将镇静剂推入他的血管中。

“滚啊！你们滚啊……”

不过几秒，眼前的场景就模糊起来，宋执只觉得头脑昏沉，使尽力气也无法阻挡眼皮合上。

再醒来时，他发现自己被单独捆在一间病房里，他意识到自己已经被父母“遗弃”了。

夜静悄悄的，窗外一轮圆月挂在空中，散发出皎洁温柔的辉光。光亮洒在地面上，给整个城市铺上了一层薄薄的白纱。

一股莫大的悲哀涌上心头，宋执想流泪，却发现自己已经哭不出来了。他张着干裂的双唇，看着月亮逐渐落下，太阳东升而起，直到黎明的帷幕于天际拉开，照亮整座城市，他才逐渐缓过神来。

早上八点，医生来查房：“宋执，今天感觉怎么样？”

宋执嗓音嘶哑：“还好。”

“他的药备好了吗？”医生朝护士问道。

屋外的推车上摆满了半个拳头大小的纸盒，每个纸盒上都写着一个人的名字，而纸盒里就装着他们的药。

护士拿出属于宋执的纸盒，将药和水喂到宋执嘴边。

宋执服下后，护士担心他把药藏在口腔里，便道："张嘴。"

宋执顺从地张开嘴巴。

"舌头抬起来。"

宋执依言抬起舌头。

都检查完毕后，护士才满意地点了点头。

医生看着宋执，向护士交代道："束缚带暂时可以解开，但还需要单独隔离几天。"

宋执望向戴着口罩的医生："医生，我要住几天院啊？"

"看你的恢复情况。"医生拍了拍宋执的肩膀，"什么都不用担心，安心治病就好。"

宋执沉默地点了点头。

待医生走后，护士便将他身上的束缚带解开。

接下来的日子都很难熬，偌大的病房里什么都没有，只有一张床和一个空调。虽然空调二十四小时都开着，但他依旧觉得很寒冷，总是抱着膝盖，坐在床上。

精神病院里的生活是没有人权的，晚上睡觉不能关灯；想上厕所需要敲门，护士同意后才会打开上锁的门，将你送到厕所门口，再在门口等你出来，如果你长时间没有出现，他就会直接冲进厕所里，查看你的情况；而唯一能看到外面世界的，只有隔在一排排铁栅栏后面的狭小窗户。

宋执时常会握着窗户上的栅栏，看着远处亮着红灯的福利院发呆。

三天后，他的隔离生活结束，即将见到其他的“病友”。

护士用钥匙打开紧锁的门：“宋执，你整理一下东西，跟我去五楼。”

宋执沉默地收拾好东西，随着护士离开病房。

刚到五楼，他就被送入了洗浴间。

三十几个男人光着身子，站在淋浴头下冲凉，他们在看到宋执后吹着口哨，迎接他的到来。

宋执不想当着众人的面脱衣服，但他三天没有洗澡了，身上的衣服已经发出馊味，他不得不脱掉衣服。

他快速冲了澡，换上干净的病服，在护士的指引下进入自己的病房。

病房里的病人形形色色，有人重复着从病房的门口走向窗户，再从窗户走向门口，边走边发出可怕的笑声；有人佝偻着脊背，嘴里神神道道地念着什么，突然发出一声惊叫；有人则以为自己在外太空，一见到宋执，就问他要不要去月球玩……

就在宋执坐到床上时，那个不断走动的人突然冲到宋执的面前，发出可怕的笑声。

宋执被吓到，连连后退，躲到了床铺和墙壁的角落。他恐惧地看着眼前的众人，双手紧紧地攥着。

他努力想让自己冷静下来，可心跳却控制不住地加快，冷汗从背后渗出。

接下来的日子他似乎习惯了一般，表现得很乖，没有大喊大叫，一直按时服药、吃饭、睡觉。

面对老男人的口哨声，他选择沉默；面对盯着自己下体的女人，他选择无视；面对突然发疯的病人，他就躲在被子里，不听也不看。

住院的第五天，他得到了医生的批准，能在每天吃完晚饭后看五分钟的手机。

刚拿到手机，他就看到了许秋雨的无数通未接来电和这些天发来的消息——

宋执，我去迪士尼了，还见到了大黄蜂，他说话一点都不客气，可凶了！这里很有趣，真想带你也来玩玩。

宋执，寒假生活好无聊，作业很快就做完了，而且超级简单，如果你也能和我一起出国就好了。

宋执，美国这边的建筑真好看，有好多特别有设计感的建筑，给你也看看！

宋执，你怎么不回我？你的宇宙超级无敌好兄弟一直在等待你的消息。

宋执，你没事吧？

宋执，你是不是又病了？快回消息！

宋执？

宋执！你怎么了？

看着眼前的消息，宋执的双眼蒙上了一层雾气。他害怕流泪会被护士看到，又给他安上情绪不稳定的“罪名”，便强忍着哽咽，打下一句话：许秋雨，要过年了，我前段时间回老家了，你知道的，我老家没信号，现在好不容易找到一个有信号的地方。

许秋雨立刻发来消息：这样呀，这几天我担心死你了！去老家前怎么不和我说一声？

宋执的泪水落了下来：对不起，我忘记了，害你担心我了。

他赶紧擦掉眼泪，抬头环视四周，生怕护士发现。

许秋雨：那就好，你知道现在是几点吗？我这里是凌晨五点诶！我给你设了特别提醒，还在睡梦中就被你吵醒了。

宋执扯了扯嘴角，露出一丝苦笑：你继续睡吧，我的宇宙超级无敌好兄弟。

许秋雨：行，记得给我发消息，别又消失了。

宋执：好。

“时间到了，该回病房了。”护士伸手，收走了宋执的手机。

宋执点了点头，听话地回到病房，坐在床上，看向窗外寂静的夜空。

漆黑的夜晚狂风呼啸，宛若呜咽。天空深邃遥远，只有稀疏的星辰发出惨淡的微光。

时间如白驹过隙，不知不觉就到了大年三十。过年的那天晚上，所有病人都得到了“特赦”——当晚可以看春节联欢晚会，在十二点时可以给家人打电话。

宋执不想打给宋安和李秋华，便要求看十分钟手机。

凌晨十二点，窗外烟花绽放，将整个天空照得绚烂无比。五彩的火光向四周飞散、落下，如漫天的流星坠地。

宋执拍下烟花的照片，发给许秋雨：好兄弟，新年快乐。

许秋雨秒回道：新年快乐，真希望和你一起放烟花。

宋执露出了久违的笑容。他突然发现，这个世界疯了，但是自己已经不再感到害怕，因为他得到了爱，就得到了救赎。

看着日记本里记述的内容，许秋雨脑海中不断想象着那些画面，捧着日记的双手开始颤抖，他难以想象这两年，宋执到底承受了多少痛苦和折磨。

他看到宋执离开精神病院后继续被曹生等人欺负，他们甚至将杀死并解剖金鱼的罪名安放在宋执身上；他看到林向善逼宋执绕圈跑步、做深蹲和引体向上，直到他的双臂因缺血而发红发紫，直到他双腿抽筋栽倒在地上，直到他哮喘发作；他看到宋执轻生，最终却被宋安和李秋华送到医院抢救，在醒来后依旧开朗地和自己对话；他看到宋执因为对曹生还手，最后却不得不跟施暴者道歉，甚至还要瞒着父母和自己联系……

眼泪从眼眶落下，滴在日记本上。许秋雨控制不住地怒吼起来，他甚至想现在就冲到曹生面前，用最残酷的方式了结一切怨恨。

怒意无处发泄，只能变成利剑，指向自己——

许秋雨开始怨恨自己，恨自己为什么那么迟钝，遗漏了宋执那么多痛苦的瞬间；恨自己每日都过得那么轻松，却留下宋执一人在深渊里沉沦……

他颤抖着手继续往后看去。

他以为自己所见的内容已经达到了宋执痛苦的顶峰，可当他看到宋执被顾新月诬陷时，他才知道，痛苦之后还有更深的绝望。

2019年3月12日。

距离高考只剩下不到三个月了，晚自习时曹生一直在朝宋执丢纸团，宋执装作没有察觉到，但精神始终难以集中在题目上。

烦得受不了时他捡起纸团，看向上面的字——放学后在小树林里等我，不许不来，否则你知道后果。

宋执不知道曹生想做什么，但他别无他法，只能应下。

那天他发烧了，一直咳嗽打喷嚏，但班上的同学仿佛将他当成隐形人一般，不管发生什么都当作没有看到。

放学后，宋执拖着疲惫的身躯走到小树林。

许秋雨给他发来了一首新歌，他戴上耳机，躲在亭子后面一边听歌一边做题。

他的头晕晕乎乎的，身上冒着冷汗，眼前的题目扭曲着，仿佛有生命一样起伏、纠缠，让他泛起一阵阵恶心。

他放下书本，本想靠在亭子旁睡十分钟，却没想到这一睡就是两个小时，学校里的学生早已离校回家。

醒来后，宋执发现曹生一直没有找他，他的心中涌起了一丝不安。

他不知道的是，曹生在看到熟睡的他后，心里萌生了一个恶毒的想法。

宋执将习题册放入背包中，站起身来，准备回家时，却听到了一阵小声的哭泣。

他顺着哭泣声走去，看到躺在地上、满身伤痕的顾新月。

他跪坐在地上，将外套搭在她的身上，小心翼翼地撕下顾新月嘴巴上的胶带：“发生什么事了！别怕，我现在就去找老师，你在这里等我。”

他跑出小树林，往教学楼中奔去，找了一圈都没有找到老师，他担心顾新月出什么事情，便转身返回小树林里，却听到了顾新月和林向善的对话——

“是谁干的？”

“是……是宋执……”

听到这句话后，宋执大脑瞬间空白，浑身的血液仿佛凝固，他下意识地往后退了一步，踩断了地面上的树枝。

声音引起了林向善的注意，林向善转过头，怒吼道：“宋执！”

宋执看到顾新月痛苦的眼神，又看向林向善愤怒的面孔，他突然感到了一种令人战栗的恐惧，心里只有一个想法——跑，跑快些！

他转身就往学校大门飞奔而去。

看着眼前紧锁的大门，他踩上一旁的垃圾桶，从围墙上一跃而下。

砰的一声，他摔在了地上，膝盖磕出了血。

他强忍着疼痛，踉跄起身，打了一辆车，逃回了西城区。

他不敢回家，躲进了一个废弃的仓库中。

这里是他和父亲的“秘密基地”，小时候，他曾和父亲约定，如果他受到委屈，想要离家出走，就躲在这里，这样爸爸一定能找到他，好好听他讲完整个事情的经过。

没过多久，宋安果然找到了他。

宋执躲在角落里，抱着膝盖，看着站在门口的宋安：“爸，我……”

林向善早已将事情的经过告诉了宋安，宋安冲向宋执，一巴掌甩在他的脸上：“我平时是怎么教育你的？是怎么教育你的！”他痛心疾首道，“你为什么会对女同学做出这样的事情啊？”

宋执疯狂地摇头：“我没有，我真的没有，我在小树林里睡着了，醒来就看到顾新月躺在那里……”

话还未说完就被宋安打断，他抄起地上的木棍，朝宋执背后打去：“撒谎！你为什么永远都在撒谎！人家女孩都指认是你了！班主任也看到了！你为什么还要撒谎啊？”

宋执痛苦道：“爸，你相信我好不好？”

看着宋执满脸的泪痕，宋安沉默半晌，语气悲哀道：“你还是我的儿子吗？你怎么变成这样了？”

他挥动木棍，狠狠地打在宋执身上。

宋执时而觉得自己被拉入了绝望的深谷，找不到来路，也找不到出口，他只能在其中不断地徘徊；时而又觉得自己落入了无尽的深渊，失重感环绕住他，他想要放声尖叫却被一只无形的手捂住，只能闭着眼感受不断坠落的痛苦；时而又觉得自己被抛入了深海，窒息感攥住他的喉咙，他什么也听不到，只能努力屏息……

不知道这场暴行持续了多久，等宋执再反应过来时，自己已经被宋安拽到了车上，赶往顾新月家中。

林向善和校长早已等在了顾新月家门口，在看到宋安后，便沉默地朝他点了点头，一起敲响顾新月的家门。

当门打开时，顾新月的妈妈刘雪冲了出来，拿着刀就往宋执身上刺，她红着双眼：“我要杀了你！”

刘雪的话仿佛一道惊雷贯入宋执的脑中，他突然想到了所有事情的解决办法，那就是死亡。

他没有躲，反而站在原地，愣愣地看着不断逼近的刀尖。

宋安猛地将宋执推到一旁，夺过刀柄：“新月妈妈，你冷静一点。”

校长拿出手巾，擦掉脸上的汗水，附和道：“是啊，新月妈妈，你别太激动了。”

刘雪哭得差点昏过去，左邻右舍都打开门，看着眼前的场景。

扑通一声，宋安拉着宋执跪了下来：“我知道是我教育的失败导致了今天的悲剧，我和我儿子一起向新月道歉，对不起，请你们原谅宋执。”

顾新月的父亲早年去世，刘雪一个人将顾新月拉扯大。她开了一家小卖部，做着小本生意，收入不错，家庭温馨。可令她没想到的是，有一天会有如此惨痛的事情降临，夺走了她和女儿所有的快乐。

“砰砰。”

宋安朝着地面用力地磕头：“求你原谅他。”

宋执愣愣地看着这场似乎永远不会停歇的闹剧，眼泪顺着他的脸颊滚落。

凄迷泪眼中，他看到顾新月从屋里走了出来。

宋执始终想不通，顾新月为什么会这样对他。

顾新月躲开宋执悲楚的眼神，张了张嘴，最终像一个居于上位的神明一般宣判道：“我愿意原谅宋执。”

她扶起刘雪：“妈，我们私了吧，我不想跟他们再有牵扯，影响高考。”

宋执呆呆地看着顾新月，他祈盼她可以说出真相，但校长和林向善却走了上去，将顾新月围住，挡住了宋执的视线。

最后，在校长的游说下，这场闹剧以赔偿两万元结束，宋安颤抖着交出了自己仅有的存款。

校长为了学校的名声，也没有报警。

2019年3月15日。

自顾新月被伤害后，宋安和李秋华已经三天没有和宋执说话了，宋执也疲惫地缩在被子里，一言不发。

下午五点，宋安和李秋华拿上准备好的卤菜，离开屋子去六高出摊。

等他们离开后，宋执从床上起身，拿出日记，坐在狭窄的桌前，郑重地落笔，写下了遗书。

写完后，他将日记放入抽屉里，锁好，便起身离开家，往西城的海边走去。

走了快半个小时，他才抵达沙滩。

这时，夕阳已经落在了海平面上，火烧云映照着海水，将整个海面铺满绛色霞光。远处的渔船在海上缓缓漂动，渔民将编织的渔网扔进海里，溅起散发着橙红色光芒的水花，一时间流光溢彩，彤火翻飞。

宋执愣愣地看着眼前的场景，喃喃道："真美啊。"

他不受控制地挪动脚步，往海水中走去。

海面轻轻涌动着，逐渐将他的身体托起，他感觉自己变得轻盈起来。

不知为何，他的脑中突然闪过了许秋雨的样子，他时而是那个落泪的小胖子，时而是那个阳光开朗的少年。

天空暗了下来，夜幕代替了黄昏，美丽的夕阳转瞬即逝，迎接他的是无尽的黑暗。

海水逐渐没过他的身体，他脚下一空，像是被一股力量拽进了没有边际的海水中。他闭上眼睛，等待死亡的到来。

他发现，每当他想走到光明中时，总会有一股力量将他拉入黑暗，有时是他们的哄笑，有时是他们的蜚语，有时又是他们的拳头。

如果说这个世界还有什么值得留恋的，可能就只有许秋雨的笑容。

他在心里轻声道——

许秋雨，请原谅我的不告而别，你永远是我最好的朋友。

忽地，无尽黑暗的海洋里突然出现了一道光。手机从口袋中滑出，飘到了宋执的眼前，它奇迹般地震动了一声，是特别关注的提示声。

许秋雨!

宋执睁开眼，看到亮起的屏幕上出现了一句话：宋执，你最近总和我发消息说你很累。我知道高三的压力会特别大，但我永远陪在你的身边。你一定要坚持下去，高考完我就回来看你。

看到这句话，宋执突然发现自己好想见许秋雨一面，那种感觉就像往心里扔进了无数的种子，它们在心底肆意生长，根茎缠绕交织着，填满了冻土的荒芜。

他疯了一般往发着亮光的集鱼灯游去，长时间的窒息已经让他筋疲力尽，鱼灯看起来越来越遥远，但海底深处仿佛出现了一股力量，托住了他的双腿，将他送到了海面上。

远处星子闪烁，他看到星空下有一艘渔船，他用尽全力大喊道：“救我！”

渔民看到了他，连忙将船划到他的身边，将他拉上渔船。

刚上船，他就昏了过去。

宋执睁开眼时闻到了一股刺鼻的消毒水味。

医院病房里，李秋华和宋安围在他的身边，担忧地望着他。

在看到宋执醒来后，李秋华将拳头狠狠地砸在床上，喊道：“为什么要想不开？为什么要寻死啊？”

眼泪从眼眶中滑落，李秋华哽咽道：“你要是死了，妈妈怎么活啊？”

宋执的眼眶红了：“对不起，妈妈。”

李秋华扑倒在宋执身上，将他紧紧地抱住，哭出了声音。

在得知宋执的手机掉在了海里后，李秋华就将自己的手机给了宋执，宋执没休息几天就被宋安强制要求去上学。

但曹生对他的恶意伤害丝毫没有减少，而是变本加厉。在曹生和梁缘的折磨下，宋执愈发的形销骨立。但他一直坚持着，等待发准考证的那天。

六月初，拿到准考证的那天，他如预期那般看到了顾新月。

他躲在小巷里，等顾新月走过时，叫住了她。

顾新月闻声就知道是宋执，她转过头，走向宋执，眼泪从眼眶滑落，她下意识道："对不起……宋执，对不起……"

想象了两个多月的场景终于出现在眼前，宋执却平静道："为什么要诬陷我？真相到底是什么？"

顾新月缓缓跪下，将自己蜷缩起来，哽咽道："宋执，求你给我几天时间，让我好好高考。高考后我会把所有的真相完完整整地都告诉你，我保证。"

沉默良久，宋执最终还是道："好，我等你。"

高考后的第五天，顾新月将宋执约到了一家咖啡店，把事情的真相全盘托出，并拿出沾有曹生以及彭有成体液的丝巾，交给他。

顾新月告诉宋执，她不想躲藏了，想勇敢一次。然后和宋执约定一起揭露那天的真相。

于是，他们约好四天后一起去警局。

日记的最后写着一句话——

许秋雨，很快真相就要大白了，你也要回国了。我一直都觉得，你是我黑暗生活里的太阳。你出现时，整个世界就明亮了。

看到这句话时，许秋雨不可抑制地流下了泪水。

在他的生命里，宋执才是太阳。他代替了所有光源，在他的黑暗世界里发出最耀眼的光亮。

第十九章　永不消逝的友谊

许秋雨，时间永远都不能让我们的友谊褪色。

许秋雨看了一整晚，直到天际翻出了鱼肚白，他才放下日记。

清晨的第一缕阳光透过窗户照在他的脸上，晃得他睁不开眼。他揉了揉干涩的双眼，小心翼翼地将日记本合上，放入书包之中。

他买了最近一班回海镇的高铁，决定先去宋执家找到顾新月的丝巾。

清晨的雾气还未散去，阳光浸润晨雾，在其中弥散开来，将雾气分解成一颗颗发着光的微粒。

高铁上，他一直在浏览微博。林向善偷窃和虐待学生的词条冲上了热搜榜第二，有关他的讨论不断发酵。

——这样没有师德的禽兽竟然还在做老师？

——这个老师疯了吗？竟然虐待学生？他是容嬷嬷转世吧？该死！

——心疼学生，像这样的老师应该从重从快处理！

——要是我的孩子被老师虐待，我一定直接把他往命案整！

……

许秋雨看到，今天清晨海镇三中的校长紧急发布了声明，表示对林向善偷窃以及虐待学生之事完全不知情，目前已经将林向善开除。

可是网友并不放过他。

——就这？真给海镇抹黑！

——杀千刀的！校长有连带责任，就该引咎辞职。

——开除？就这么简单？咋没跪下给被虐待的学生磕两个响头？

……

看着大众对林向善的谩骂和抵制，许秋雨感到一阵报复后的快意。他长舒了一口气，望向窗外。

晨雾已经散去，天空渐蓝，朝霞散发出金色的辉光，于云层的四周溢出，像一个抹了一层浓厚蜂蜜的棉花糖。

向后倒退的场景逐渐放缓了速度，高铁缓缓到站。

许秋雨打了一辆车，很快就抵达宋执家中。

他敲响房门，过了许久脚步声才传来，门打开后，他看见了满脸憔悴的宋安。

宋安眼下一片青黑，面色蜡黄。当他看到许秋雨后，眼中迸发出了猛烈的恨意："怎么又是你？我不是说过我们全家都不想再见到你了吗？"

许秋雨看着无比憔悴宋安，心中因他不相信和伤害宋执而产生的对他的一丝埋怨和恨意也无处安放，只能重重喘了口气，缓下心绪，对他说："叔叔，您听我说，宋执死前……"

话还未说完就被打断，宋安将许秋雨用力推开，似乎想要将所有痛苦都加诸他的身上："都是你，如果不是因为你带坏了阿执，他怎么会自杀？秋华又怎么会死？我的家庭怎么会变成现在这样？"他红着眼睛，"我全家都毁了，都被你毁了！"

许秋雨向后踉跄几步，他站稳身形，迅速道："叔叔，您冷静一点，我想告诉您，宋执并没有性侵同学……"

愤怒冲上头顶，许秋雨的话于耳边掠过，宋安什么也听不进去，接连的丧子以及丧妻之痛令他绝望崩溃，他急迫地需要找到一个发泄的出口，只能冲许秋雨大吼道："你给我滚！滚啊！"

他用尽全力把门狠狠关上，只留下一道极强的风，刮过许秋雨的脸。

许秋雨攥了攥双拳最终又无奈地松开。他虽然也痛恨宋安对宋执的误解和伤害，可他也能理解宋安的痛苦和无奈——

当宋安看到宋执被欺凌的视频后肯定会懊悔自己当初为什么不信任宋执，加上李秋华的死亡，令他只能一遍又一遍地怪罪自己，这种向内的自毁式伤害令他痛苦不已，所以当他看到许秋雨时，便找到了可以分担过错的对象，于是把自己的错误移加到他的身上，这样就能减轻自己的痛苦，进而保护自己绝望的心。

许秋雨沉沉地叹了口气，宋安暂时无法沟通，不知道他什么时候才能够冷静下来。现在只能偷偷潜入宋执家中了。

他绕到筒子楼的后面，顺着墙外的管道爬上三楼，翻入宋执房内。

卧室的门是关着的。许秋雨蹑手蹑脚地打开桌子的抽屉，却只在里面找到了一些辅导资料以及教材。

打开衣柜，久违的西柚香气扑面而来，这是宋执常年使用的洗衣粉的味道。

在短暂的愣神后，许秋雨开始翻找衣柜里的东西，最终在被衣服压住的最底层发现了一个四四方方的小盒子，盒子里面装满了纸条，纸条上的话都由文字贴纸拼成——

我看到他们欺负你了，会不会很痛？但高考很快就来了，考完就能离开这里了。

2017年11月12日

听说今晚海镇能看到流星雨，希望能和你一起收获这份幸福！

2017年12月15日

昨天的晚霞很美，不知道你有没有看到？

2018年1月14日

将来我想做一个好老师，你呢？

2018年2月12日

……

纸条有厚厚一沓，从2017年10月开始一直持续到2018年3月。

纸条的大小以及文字贴纸的方式都和许秋雨在火葬场收到的纸条一模一样！

这令他控制不住地颤抖起来——有人一直在关心宋执，每天都会给他送来纸条，持续了整整半年！

这个人到底是谁？难道是顾新月？

“哒哒。”

一阵脚步声传来，有人正在靠近这间房间！

心跳急速加快，许秋雨连忙将衣柜关上，俯身钻入床底。

床底已经很久没有打扫过了，灰尘扑面而来，飞入口鼻之中，呛得许秋雨特别想咳嗽，却只能硬生生地忍住。

“吧嗒。”门被打开了。

两只穿着黑色大码拖鞋的脚走入房内，许秋雨一眼就认出，来人是宋安。

宋安似是有些无措，站在门口久久没有动静，只是安静地环视整个房间。

一瞬间，他仿佛能看到宋执就坐在桌旁读书；又看到宋执靠在床头玩手机，一看到自己就欣喜地喊“爸”。

眼眶渐渐红了，他走到书桌前，拿起相框，在床边坐下。

相框里的照片是一家三口的合照，照片上宋执笑得十分灿烂，好似没有任何事情能够使他烦忧。

宋安看了许久，才抬手轻轻抚摸相框，把一直藏于心底的话说出：“阿执，爸爸对不起你。是爸爸当初不相信你，才会让那些畜生那样欺负你。”他哭泣道，“如果爸爸愿意听你说，愿意相信你，你或许就不会死了……”

他自顾自地落泪，窗外的鸟儿在他的哭泣声中鸣叫着，一时间显得无比聒噪。

宋安任由泪水在脸上流淌：“秋华，这些年是我亏欠你了，从来都没有给你送过一件像样的礼物，作为丈夫我一直都不合格……”

他不断地忏悔：“对不起，对不起……”

一个四十多岁的男人此时却哭得像个孩子，他放声哭喊，声音绝望而悲恸。

不知道过了多久，手机的闹钟铃声响起，提醒他中午的出摊时间已到。

他抹掉眼泪，将相框小心翼翼地放到桌上，离开卧室，往屋外走去。

他将东西准备齐全后，便关门离开了家，推着推车往六高走去。

听到门被关上的声音后，许秋雨才从床下爬了出来，他将翻乱了的柜子打开，复原整齐后再关上。

他小心翼翼地将整个房屋都搜寻了一遍，却依然一无所获。

他害怕自己从大门走会被宋安的邻居看到，便还是通过窗外的管道爬到一楼。

刚落地，他就给王宁发去了短信：王宁，我们班上有人喜欢用文字贴纸吗？

忽地，一则新闻的提示框出现在手机屏幕上——月城惊现杀妻案！

许秋雨不小心点了进去，发现这个词条已经被顶到了热搜榜第一，而宋执的词条则已经消失在榜单之外。

没过多久，王宁的消息便传来：有啊，有个神秘人每天都在给宋执写信，放在他的储物柜里。那人估计是不想露面，纸条上的字都是用文字贴纸拼成的。

许秋雨想着：宋执案件的热度渐渐降低了，所以王宁开始愿意提及他的事情。

许秋雨连忙道：你怎么知道有人在给宋执写信？

王宁：（惊讶脸）全班都知道了！之前莫霆在宋执的储物柜里发现了信件，当时班上闹得很凶，觉得变态也有人关心。

许秋雨：那你知道这些信是什么时候停止寄送的吗？

王宁：不知道，但我猜应该是2018年3月左右吧。莫霆他们大肆嘲笑宋执的信后，宋执就将储物柜锁了起来，在那之后他应该就收不到信了。

许秋雨突然感到一阵悲哀，心里酸楚翻腾——唯一愿意给宋执写信关心他的人也消失了，他该是多么痛苦而孤独？

忽地，手机传来震动声，许秋雨收到了一条QQ消息，消息的来源是何多：许秋雨，你还想知道宋执在精神病院里的事情吗？

许秋雨立刻回复道：想，要不要见一面？

何多：好，半小时后在第三精神病院附近的天朗西餐厅见，我把宋执留在医院的东西给你。

许秋雨打了一辆车，前往医院。

车上，许秋雨给李正打了一个电话，电话接通后便道："李警官，我在宋执的家中找到了用文字贴纸拼成的纸条！显示2017年10月至2018年3月期间一直有人在以文字贴纸的方式给宋执写信，这件事三班的人都知道。我觉得送信的人很可能就是三班的同学！"

李正道："好，我知道了。"

电话挂断后，不到二十分钟，许秋雨就抵达了郊外的医院，他在地图上搜寻天朗西餐厅，很快就找到并进入其中。

等了差不多十分钟，何多就拿着一个本子匆匆走入餐厅。

他穿着一身黑色的衣服，新染的棕发搭在额前，脖颈上戴着一条银色的长项链，看起来很时尚。许是因为炎热，他的面颊泛着潮红，额头上布满了细汗。

他坐到许秋雨对面，将桌上的水一饮而尽，开门见山道："许秋雨，我就不跟你扯别的了。"

许秋雨点了点头："有什么你直说。"

何多道："我大概知道宋执在被送到医院的前后经过——宋爸爸在得知宋执作弊、成绩下降后就将他强制送入了精神病院，住院原因是患有精神分裂，后来在医院里又查出他有重度抑郁症，便又治疗了一段时间才被放出来。在那之后宋执每个月都会定期来医院的心理诊所做一次心理咨询。”

何多将手中的本子放到桌上：“宋执在自杀前一天做过心理咨询，我这里有他那天在咨询室里画的画。”

许秋雨看着眼前的画本，伸手就要拿，却被何多一把推开。

“等等，许秋雨，”何多道，“这世上的一切，想要得到就得先付出，你说对吧？”

许秋雨皱了皱眉：“什么意思？”

何多抬起右手，将食指和大拇指指尖并拢并摩擦：“给我两千块，我就把这个本子交给你。”

许秋雨惊愕道：“两千块？你抢钱啊？”

“不要？那算了。”

何多拿着本子就往餐厅外走。

许秋雨连忙追上去，拦住他，无奈道：“别走，我给。”

何多一笑：“我就知道你对宋执情深义重。”

“但我要看一眼他的画，确定那是他的作品。”许秋雨道。

“没问题，他画了五幅画，我给你看第一幅。”

何多打开画本，只见第一页上用彩铅画着一封信。看画风确实出自宋执之手。

啪的一声，何多将画本合上：“确定了吗？”

许秋雨点了点头：“确定了，是他的画。”

许秋雨和何多回到座位上，接着他拿起手机查看支付宝和微信的存款，凑到了两千元，转给何多。

何多笑容灿烂，将手中的本子推到许秋雨面前：“老板，给您。”他站起身来，“我就不打扰您欣赏画作了，先走了。”

许秋雨没有理会何多，他的注意力全在手中的画本上。他翻开画本，一页一页地看。

第二页上画的是：一只手打开了信件，那只手上有一颗小小的红痣，与许秋雨的手一模一样。

第三页上画的是：一条黄色的丝巾。

第四页上画的是：一棵绿树在晚霞的辉光下散发着淡淡的光晕，上面的绿叶随风轻摆。

第五页上画的是：一个落了尘土的箱子。

看到这些画，许秋雨的心脏迅速跳动起来，他浑身一麻，瞬间就明白了，这是宋执给他留下的最后一封信！五幅画连起来的意思就是：

> 许秋雨，这是我给你的最后一封信。还记得你出国前我们一起埋箱子的位置吗？丝巾就在箱子里。

两年前，他被母亲送出国，临行前和宋执见了一面。

> 宋执将自己的愿望写在纸条上，然后将许秋雨的纸条一起放到了一个箱子里，把箱子埋进了土中，说要等许秋雨回来后再挖出来。看各自的愿望是否成真。
>
> 许秋雨笑话他：“幼不幼稚啊？”
>
> 宋执没有理会许秋雨，他郑重其事地从怀里拿出

一张折好的纸条，把纸条放进了盒子的最底层。

“这是什么？”许秋雨伸手就要抢。

宋执立刻盖上盖子：“等你回来再给你看。”

“行。”许秋雨拿着一把大铁锹，奋力地挖着土，汗水从额角淌下，遮不住他眼里的热烈，“我回来你估计就高考完了。”

许是天气太热，许是晚霞滚烫，宋执的脸红红的，他笑了笑：“希望我们的愿望成真。”

现在，高考结束了，自己也回来了，可宋执却不在了。

许秋雨站起身来，离开餐厅，打了一辆车，来到海城的郊外——他们埋下盒子的地方。

大树上还刻着他们当时的身高，两年过去了，大树似乎没长高，但我们却长高了好多。

许秋雨跪坐下身子，伸出双手挖土，泥土松软，一看此处在不久前就被挖开过。盒子埋得不深，许秋雨很快便碰到了一个粗糙的硬物。

他加快了挖动的速度，等盒子完完全全暴露在眼前时，他愣了愣，随即小心翼翼地把它拿了出来。

许秋雨打开盖子，里面被各色各样的东西堆得满满的，他在盒子的最底层找到了那条黄色的丝巾。丝巾被放在一个透明的密封袋子里。

丝巾旁躺着一张纸，那是两年前宋执埋下的信。

纸张已经泛黄，但依旧整齐地叠在一起。

他打开纸条，瞬间感觉像是有一根钢钎穿透了他的心脏，不断搅动着里面的血肉，带来难以忍受的痛感。

上面写着：

许秋雨，时间永远都不能让我们的友谊褪色。

第二十章　他被谋杀了

我给你留下了一些线索，如果我真的死了，
我希望为我洗刷冤屈、找到死亡真相的人是你，
但如果你无法做到，那我希望你离这件事远远的。

肩膀微不可闻地颤抖起来，许秋雨感觉自己被巨大的悲伤席卷，过了许久，他才从悲恸中缓过神来。他深吸一口气，拿出手机将丝巾拍下，通过QQ发给顾新月：我找到丝巾了，希望你能回海镇一趟，把当初没能说出的真相勇敢地告诉警察。

等了许久，顾新月都没有回复。

许秋雨拍了拍发麻的双腿，站起身，抱着箱子原路返回。

他打了一辆车回到家中。

汗水粘在身上，他感觉浑身难受，便洗了个澡。结束后他坐到桌前，将宋执的日记再次拿出，仔细翻看。

他在看到宋执被欺负的内容时，心脏还是控制不住地抽痛起来。他看不下去了，正想将日记合上，手一滑日记本掉在了地上，发出轻微的响声。它因为撞击而打开，翻到了最后一页。

许秋雨赶忙蹲下身子，将它捡起，却意外地看到封底上有钢笔留下的印记，在阳光的照射下，他隐隐约约地看见“死亡”两字。

心脏突然咯噔一下，全身的肌肉瞬间绷紧了。

许秋雨抓起笔筒中的铅笔，将空白的封底全部涂满。

手中的铅笔突然一松，缓缓滚落在地面上。他看到了一段话——

> 许秋雨，不知道为什么，我总是感觉到不安，冥冥之中似乎死亡正在逼近我。距离和顾新月约定的日子越近，我就越觉得害怕。
>
> 我给你留下了一些线索，如果我真的死了，我希望你能为我洗刷冤屈、找到死亡真相，但如果你无法做到，那我希望你离这件事远远的。

看着这段话，许秋雨突然打了个寒战。

日记的最后一页有被撕掉的痕迹。

是谁？

宋执？顾新月？还是凶手？

顾新月说这本日记是宋执自杀前交给她的，如果不是宋执自己撕下来的，那只有可能是顾新月！

他再次无比确定：宋执可能不是自杀，而是被谋杀！而顾星月很可能知道真相，或许她也是帮凶！

面对如此黑暗的事实，许秋雨不知道该相信谁了。

他觉得自己又变成了八岁时那个弱小的自己，面对这个恐怖的世界，还是如此无助，就像被丢入大雾弥漫的深山中，看不到出路，前后尽是茫然与晦暗。

“咚咚。”

敲门声传来，令许秋雨为之一颤。

楚媛拿着切好的水果，走入房中：“秋雨，吃点西瓜。”

当她看到许秋雨苍白的脸时，不自觉地皱了皱眉，“脸色怎么这么差？”

许秋雨望着楚媛，竭力遏制着恐惧：“妈，我想问你一个问题。”

看到许秋雨的样子，楚媛不由得认真起来：“你说。”

许秋雨吞了吞口水：“如果有人知道了一个被隐瞒的真相，但他发现真相将周围所有人都卷入其中，他们都是加害者，那这个知道真相的人该怎么办？”

楚媛想了想：“真相对他而言很重要吗？”

许秋雨点了点头：“很重要。”

楚媛似是明白了些什么，她沉默了一会儿，摸了摸许秋雨的头：“其实你已经有答案了不是吗？当一个人提出问题时，其实早已经做出了决定，但你什么都不用怕，去做你认为对的事情吧，妈妈永远都会在你身边。”

心底的恐惧被逐渐抚平，许秋雨感觉一阵酸楚涌上鼻腔，他用力抱紧楚媛：“谢谢你，妈妈。”

楚媛抬手抚上许秋雨的后背，笑道：“多大了还这么黏人？”

许秋雨贪婪地体会着这片刻的温暖。

“好啦，我还要去做家务，你好好休息一下，记得吃西瓜。”楚媛在许秋雨的额头上吻了一下，便离开了房间。

门被关上后，许秋雨的心渐渐平静下来，眼神中多了一丝坚定，他告诉自己：妈妈说得没错，我要继续走下去，我也只能继续走下去！

“铃铃。”

手机铃声响起，来电人是李正。

许秋雨赶紧接通：“李警官，是发现什么线索了吗？”

李正道：“是的，我已经把三中文具店这一个月来的监控全部看完了，目前已经锁定了那个给你送纸条的人。”

许秋雨连忙问道：“是顾新月吗？”

“是。”

许秋雨不自觉地抬高了声音：“果然没错，李警官，她肯定知道真相！”

许秋雨将顾新月给自己日记本的事情以及在封底发现的话都告诉了李正。

“我会将这些事情上报，找到并询问顾新月。”李正的声音依旧沉稳。

许秋雨感激道：“好的，谢谢您的帮助。”

挂断电话后，许秋雨怎么也坐不住了。他连忙冲出卧室，往门外跑去。

看到许秋雨要出门，正在打扫卫生的楚媛停下手中的动作，不解地问道：“秋雨，怎么了？刚回来就要出去？”

许秋雨点了点头：“嗯，有点事情要处理。”

楚媛问道：“西瓜还没吃吧？”

“回来再吃。”

楚媛叮嘱道："好，我给你放冰箱里。路上注意安全。"

"好。"

许秋雨打开门，跑出小区，买了最近一班的高铁到云上镇。

坐上高铁，许秋雨紧绷了一夜的精神终于松懈下来，倦意如潮水般席卷而来。恍惚间，他感觉自己像是被扔进了一片没有边际的黑暗之中，怎么也找不到出口。

忽地，一团明亮的光从黑暗中心晕染开来，宋执从其中走出。他如生前一样，眉眼温和清秀，面容白皙干净。他穿着一身白衣白裤，恍若圣洁的天使。

在看到许秋雨后，他不可置信地喃喃道："许秋雨……"

所有的痛苦和思念都在这一刻化为乌有，只剩下无尽的酸楚和喜悦。

许秋雨疾步跑向宋执，紧紧地抱住他，哽咽道："我好想你。"

宋执一愣，抬起右手，轻抚他的后背。

眼泪从眼眶滑落，许秋雨坚定道："宋执，你相信我，我一定会找到事情的真相，找到杀害你的真凶。"

宋执闭上眼睛，微长的睫毛投下一层浅浅的光影。他单手揽过许秋雨的肩膀，语气平和地说："嗯，我相信你。"

"云上镇车站快要到了，下车的旅客朋友，请您带好自己的随身物品，到车厢两端等候下车。"

突然，列车上广播里传来了报站声，将许秋雨拉回现实。

他在到站声中醒来，却发现自己已经泪流满面。

月亮半隐入云海间，散发出清清浅浅的光亮。镇上的灯火已经亮起，星星点点，好似银河。路上来往的行人很少，整个小镇都陷入安静之中，只能听见此起彼伏的蝉鸣。

在蝉鸣声中，许秋雨再次敲响了顾新月的房门。

打开门后，顾新月不像上次那样抗拒，而是皱眉望向许秋雨："还有什么事吗？"

许秋雨握紧双拳，直接道："我已经知道了，宋执不是自杀，而是被谋杀的。"

瞳孔倏地放大，顾新月似乎想到了什么恐怖的事情，身体都为之一颤："你说什么？"

许秋雨拿出日记本，翻到封底，指着上面的字："日记的最后一页是不是被你撕掉了？"

顾新月向后退了一步，惊惧道："没有，我没有！"

顾新月的反应证实了许秋雨的猜想。

许秋雨抬高了声音，痛苦道："警察已经查到，宋执火葬那天，是你把纸条放进了我的口袋里！"

"不是我！"顾新月疯狂地摇头，极力否认道。

许秋雨的眼眶红了，他看着顾新月，只觉得气血上涌，窒息感扼住咽喉，让他难以呼吸："你为什么不愿意说实话？"

顾新月的双眼蒙上了泪水，她崩溃地吼道："所有的实话我都告诉你了！"

整个空间瞬间安静下来。

沉默半晌，许秋雨苦涩道："顾新月，你真的忍心看到宋执不明不白地被人杀死吗？"

听到许秋雨的话，顾新月没有说话，只是不断地流泪。

许秋雨缓缓跪了下来，望着地面，泪水顺着眼眶滑落。

他用极尽乞求的姿态道："高二年级，有整整半年时间你一直在给他写信，安慰他，做他的秘密好友，我相信你也是喜欢他的。"

顾新月抬手盖住双眼，泪水从指缝间流下，她承认道："是的，我是喜欢他……"

许秋雨哽咽道："你给我递来纸条不也是希望我能找到真相吗？为什么现在什么都不敢说？你难道忘记宋执曾经为你解围，替你说话了吗？你怎么忍心看着他带着这么多流言蜚语，最后只是落得了一个自杀的下场？"

耳边传来一声声压抑的、痛苦的悲泣，像是从顾新月灵魂深处一丝丝抽出来的。

许秋雨乞求道："我求你了，求求你告诉我真相。"

顾新月弯下身子蹲了下来，她捂着额头痛哭道："我回海镇给你送纸条的时候被曹生看到了，他又欺负了我，还威胁我，不让我说出真相。不然他就会伤害我的家人，或者像对待宋执一样对待我。"

她仍然记得第二次被欺负的那天，曹生将右手比作刀，在自己的脖颈前轻轻划过："还记得宋执是怎么死的吗？如果我知道你说了什么，你也会是一样的下场！"

这些天来她一直忍受着内心的煎熬，睡不着觉也吃不下饭，整个人越来越瘦，一米六五的身高，体重却已经掉到了四十公斤。

地面上的细碎石子嵌入皮肤，硌得许秋雨生疼，但他仿佛没有感受到一般：“是曹生杀了宋执吗？”

顾新月哭得不能自已，锁骨在肩膀的耸动下显得更加瘦削。

许秋雨沉默半晌，整个空间只余下顾新月的哭声。

她受不了内心的煎熬和愧疚，心里有个声音一直在对她说：说吧，把一切都说出来或许就能好起来。

她拒绝道：不行，说出来一切就都完了。

心里的声音却道：你真的忍心看到你喜欢的人惨死吗？

最终她还是向那个声音妥协了，无力地点了点头：“是的，一定是他。”她接着道，“我实在是太害怕了，只能把日记本的最后一页撕掉。”

6月17日那天，顾新月收到了曹生的来电。

曹生不知道从哪里知道了丝巾一事，便威胁她：“我现在在你妈妈的小卖部门口，她正趴在桌子上午睡，你说我要不要打扰一下阿姨呢？”

顾新月立刻慌了，她愤怒道：“你想干什么？”

曹生冷冷道：“今晚十一点把宋执约到西城郊外的废弃仓库里，否则我不知道会对你妈妈做点什么。”话罢，他便挂断了电话。

强装出的狠劲儿瞬间垮掉，顾新月不可抑制地流下泪水。

下午两点，她逐渐冷静下来，平静地给宋执打了一个电话，撒谎道：“宋执，我找到了对我们更有利的证据，我把它藏在了西城区郊外的废弃仓库里，我想当面交给你，然后一起去警局。”

宋执的声音一如既往的温和：“好，你什么时候给我？”

她撒谎道：“十一点吧，十一点我们在仓库见面。”

“好，我会在那里等你。”

挂完电话后，顾新月的眼眶再次红了，她轻声道：“对不起，宋执，对不起……”

晚上十点半，顾新月、曹生、梁缘以及莫霆抵达废弃仓库。

曹生、梁缘和莫霆躲在了仓库的角落，顾新月则站在门口，等待宋执。

十一点，宋执准时到来。他穿着白色的衬衣和天蓝色牛仔裤，背着一个黑色的书包，月亮在他的身后，他踏着月光走来，一双眼也仿佛带着月色的澄莹。

顾新月看着眼前美好的少年，突然感到痛苦万分。

她想对宋执大喊——跑，快跑！

可曹生的话却再次涌进了脑海。

就在顾新月不知道该怎么做时，宋执已经站到了她的面前：“顾新月，你怎么了？”

话罢，曹生、梁缘和莫霆就从仓库的暗处冲了出来。

他们轻而易举地击碎了那晚的月光。

宋执被他们拖进仓库，按倒在地，他们用绳索将他的双手双脚全部捆上。

面对挣扎的宋执，曹生笑着拍了拍他的脸颊：“我听说你手上有关于我的证据？”

宋执大喊道：“你们要干什么？”

曹生的脸色一变，突然狠戾道：“把证据交出来！”

宋执死死地盯着曹生：“你做梦！”

曹生拿出一把刀，恶狠狠地说：“你知道吗？古代的凌迟之法如果做得好的话，流血会很少的。”

“啊！”剧烈疼痛令宋执的五官紧皱起来，他忍不住尖叫出声。

曹生抬起右手食指放于唇前：“嘘。”他再次落刀。

顾新月惊恐地看着眼前的一幕，她突然意识到——曹生想用凌迟的方法逼宋执交出证据。

太可怕，实在是太可怕了！

顾新月恐惧得浑身颤抖，她想逃跑，可双腿却仿佛被人死死拽住了一般，怎么也动不了。

她想发出声音，可喉咙仿佛被人掐住，只能传出细若蚊蝇的微弱声响。

“交不交出来？”曹生高喊道。

宋执咬牙道：“不交！”

曹生再次落刀，恶狠狠道：“那你就下地狱吧！”

宋执惨叫出声。

他红着眼，死死地盯着曹生："就算我死了，也一定会有人为我讨回公道！"

曹生嗤笑出声："谁？你那个不中用的爸？那个和稀泥的妈？又或者是那个不敢露面，只敢和你写信的人？还是远在天边的许秋雨？"

"呵。"宋执一笑，没有回答他。

曹生被宋执的笑容气到，他手上加力，宋执便发出痛苦的惨叫。

不知道这场酷刑持续了多久，顾新月只觉得自己一阵阵的恍惚，眩晕感涌上脑海，胃部翻搅着令她想吐。耳边充斥着宋执惨厉的叫喊声，鼻部萦绕着血腥的气味，顾新月眼前一黑，就什么都看不到了。

昏倒前，她听到曹生和梁缘在说："等会儿再把附近的野狗引过来，我听说隔壁村子里有很多吃不饱的流浪狗。"

不知道昏迷了多久，当顾新月再次醒来时，她已经在回家的车上了。

莫霆将她拍醒："你可真重，我扛都扛不动。"车子缓缓停下，莫霆道，"把车费付了，我到家了。"

顾新月的脑海中浮现出宋执被凌迟的样子，她迅速打开车门，将胃里的酸水吐了出来。

她颤抖着手付完车费，回到家中。

顾新月一夜没睡，一边流泪一边发抖，控制不住地回想宋执被伤害的场面。

——宋执怎么样了？他会不会真的死了？如果不是因为我，他是不是就不会遭受这样的痛苦？是我的错，都是我！

她抱着头痛哭起来。

第二天，门被敲响，顾新月顶着厚重的黑眼圈打开房间，看到了曹生和梁缘。

他们迅速推开门，走入顾新月家中，把门反锁。

曹生不断逼近顾新月，将她按在墙上，威胁道："宋执已经死了，如果你敢说出这些事情，我就把你也杀了！"

宋执死了，真的死了……

顾新月的眼眶瞬间就红了，她惊惧地看着曹生，紧攥着双手。

梁缘轻轻拍了拍曹生的肩膀，劝慰道："曹生，顾新月也是我们的一分子，你不要对她这么凶嘛。"

他把曹生拉开，细心地整理顾新月胸前起了褶皱的领结："昨天是你把宋执叫出去的，如果被警察发现，你的未来可就毁了，你明白吗？"

顾新月恐惧地点头："我明白。"

梁缘笑了笑："如果宋执是自杀的，你有什么办法吗？"

顾新月的脑子一片混乱，她脱口而出："我曾经看到过宋执在日记上写的遗书，应该在他家里。"

梁缘和曹生相视一笑。

当晚，曹生、梁缘还有顾新月潜入宋执家的筒子楼，他们发现门锁撬不开，便逼顾新月从墙壁上的水管爬入宋执家中。

顾新月找到了日记，从上面撕掉宋执的遗书，并把日记藏了起来，然后把遗书交给了曹生和梁缘。

隔日夜晚，顾新月再次翻入宋执家中，偷走了日记。

云上镇，月中小区。

“拿到遗书后他们就离开了，应该是去把遗书放到了宋执的死亡现场。”顾新月绝望道。

听到宋执的死亡过程，许秋雨只觉得心口被撕裂开来，痛得他几乎昏厥。

顾新月抓住许秋雨的袖口：“虽然我没有亲眼看到曹生杀死宋执，但凶手一定是曹生！”她突然后悔起来，流泪道，“如果他知道我把这一切都告诉你了，他一定会杀了我的！”

“啪嗒，啪嗒。”

忽地，一阵脚步声传来。楼道口走上来了几个警察，他们对顾新月亮出警官证：“我们是云上镇派出所的警察，你就是顾新月吧？请你跟我们回一趟海镇，海镇公安局有一起事件需要你配合调查。”

第二十一章　她做了伪证

绝不原谅，哪怕她也是被害者。

看着顾新月颤抖的背影，许秋雨的心中不知为何升起了一丝不安，这种不安感持续发酵，最终化作一片阴云笼罩住了他。

他打电话给李正，将顾新月说出的事情如实相告，并连夜赶回海镇，把丝巾交给了他。

许秋雨不敢睡觉，一直等着李正的消息，直到黎明的曙光照亮了整个海镇，他才收到了李正的信息：许秋雨，我们通过检测发现丝巾上的DNA确实属于曹生和彭有成，目前我们已经将他们二人全部带回警局进行审问。

许秋雨连忙回复道：谢谢李警官！

微博上，曹生一夜之间冲上了微博热搜榜第三——万豪酒店太子涉嫌杀人被抓。

博文底下众说纷纭：

——不是吧，万豪酒店？我上次生日还在那里办的！老板的儿子竟然涉嫌杀人，太恐怖了！

——早就听说万豪酒店的太子爱霸凌同学，现在被抓也不稀奇。

——这就是传说中的出生自带恶的基因吗？

——最近杀人案也太多了，世道不太平啊！

——祖国的食人花。

——绝对是反社会人格！可怕！

……

看着这些评论，许秋雨却无法感受到快意，他的脑中不断闪现着宋执死亡的过程，只觉得极度压抑。家中静得可怕，思绪在昼夜交替的天幕中点点蔓延，最终只能在一声叹息中缓缓飘散。

许秋雨想了一早上，认为宋安应该也已经知道了宋执被杀的事实，便写了一封信，并将信件和宋执的日记本一起同城快送给了宋安。

他在信中写道——

宋叔叔：

我知道您怨我，但我觉得您肯定希望得知宋执死亡的真相，所以我给您写了这封信。

此时，警察应该已经告诉你真相了，宋执没有伤害过别人，相反他才是那个受害者。他一直在帮助别人，是一个很好的人。关于他这两年的遭遇，我相信您看完这本日记后，就能得知事情的全貌了。

寄完信件和日记后，许秋雨一直坐立难安。曹生一日未被定罪，他就一日无法安睡，只能不断刷着手机，等待消息。

他睁着眼睛一直到次日的清晨八点，却看到一个词条被顶上了微博热搜榜第二——万豪酒店太子被无罪释放。

点入词条，就看到一则视频。

满天乌云黑沉沉地压下来，预兆着暴雨的来临，整个世界被笼罩在一片灰暗之中，压抑得让人透不过气来。

曹生站在警局门口，一堆记者将他围住，递上话筒。

“曹先生，请你回答一下，你为何被指控杀人？”

曹生义正辞严道：“对于莫须有的指控，我无法回答，我只能说我是清白的！”

“曹先生，网络上有人说你霸凌同学，对此你有什么回应吗？”

曹生红了眼眶，对着镜头擦了擦眼泪：“我从来没有伤害过别人，一直行得端，做得正！”

“曹先生，你现在的心情是怎样的呢？”

曹生摇了摇头：“我们公民有义务协助警方调查，我只希望警方能查明真相。”

此时，一辆黑色宾利缓缓停在了警局门口，保镖从车上下来，打开伞，掩护曹生往车中走去。

曹生一边走一边对着不断围上来的记者道：“抱歉，我现在很累，需要休息了。”

话罢，他进入车中，将门带上。

他一上车就被头发银白的奶奶抱住，她的眼眶湿润：“生生，你受苦了。”

曹生摇了摇头，乖巧道：“没关系的奶奶，能洗清冤屈就好了。”

曹生靠在老人的怀中，眼底闪过一丝冷光，嘴角却扯起几分戾笑，手不自觉地抚着腕上的手链。

忽地，随着轰隆一声巨响，闪电划过天边，天空被撕开一道巨大的裂缝，雨水倾盆而下，雾气瞬间弥散开来。

看着窗外的瓢泼大雨，曹生的思绪逐渐飘远。

他从小就不被父亲喜爱，他一直不知道为什么，只能竭尽全力去讨好父亲，只为得到一点父亲的爱，却一次又一次地被他推开。

直到父亲有一次醉酒，他才知道了真相。

那一天，父亲用皮带不断抽打在六岁的曹生的身上：“因为你，我最爱人的人才会死去。”他愤恨道，“死掉的人为什么不是你啊！”

因为他的出生导致母亲大出血死亡，父亲一直很恨他，恨他带走了自己一生所爱。

父亲的话如利刃般刺入曹生的心中，不断搅动着他的血肉，令他疼痛难忍。

奶奶冲了过来，将他护在身后，挡住父亲的殴打：“他只是个孩子，他什么都不知道！”

父亲丢下皮带，痛哭出声。

奶奶紧紧抱着曹生：“生生，你要乖，不要惹你爸生气，他已经很不容易了。”

小小的曹生只知道，都是他的错才会导致母亲死亡，才会让父亲讨厌自己。他不断地点头应道：“奶奶，我听话，我一定听话。”

从那之后，他就努力地在父亲面前、在奶奶面前做一个乖孩子。

他想，他必须乖，只有听话才能赎罪，才能得到亲人的爱。

九岁那年，他捡回了一只毛茸茸的白色小狗。

小狗似乎很明白家里的掌权者是谁，每次父亲曹志良回来时，它就会围着曹志良转，讨要他的抚摸，逗得曹志良喜悦不已。

一开始曹生也很开心，他觉得自己拥有宠物了，甚至可以通过这只小狗看到父亲的笑容。

可是时间久了，小狗开始吵闹，总是会把家里弄得一团乱，还会咬他，他开始对小狗感到厌烦，于是偷偷将小狗丢在了野外。可当父亲曹志良发现小狗不见了之后，勃然大怒，对着曹生大吼一顿。

还有令曹生没想到的是，当晚小狗就自己找回了家。它看到曹志良时，便朝他奔了过去，在曹志良的怀里对曹生龇牙咧嘴。

曹志良对曹生怒声道：“如果你再把它丢了，我就把你也丢了！”

曹生想不明白，曹志良为什么会这样喜欢这只畜生。这一点引起了曹生疯狂的嫉妒。

在第二次被小狗咬住时，一股极强的怒意冲上头顶，他咬着牙掐死了小狗。那一瞬间，他突然发现生命是如此的脆弱不堪，竟然会这么迅速地消逝。与此同时，他得到了一种莫名的快感——这种快感令他陶醉，他感觉自己所有的痛苦和孤独都在此刻得到了安慰。

可下一秒，他就开始感到恐惧。他不知道父亲看到死亡的小狗后会怎么对待自己。他想了许久，突然瞥到了书架上的解剖书，他意识到自己可以将小狗解剖成细碎的尸块，再抛掉处理干净。

目之所及尽是殷红，曹生屈膝跪坐在地上，浑身是血，想到以后再也不用被这只畜生烦扰，他近乎虔诚地唱起了歌。

从那以后，他就迷上了解剖动物。在这些微小生命的面前，他似乎就是能掌控一切的神明。

警察局外。

载着曹生的车子缓缓远离，迷蒙水汽中，曹生突然看到一个熟悉的身影，那个身影逆着人流，穿过万千雨线冲向警局。

是许秋雨。

不知为何，在他看到许秋雨时，他的心中突然涌起了一丝慌乱。

他明明之前用魔术让梁缘接近许秋雨，用谎言欺骗他、试探他，为什么许秋雨还会锲而不舍地追查宋执的事情？为什么宋执会有这么好的朋友？真不公平，实在是太不公平了！

许秋雨在看到热搜后就不管不顾地冲出家门，打了一辆车，冒雨赶到了警局。

在警局外，许秋雨看到了立在雨中的李正，他跑到李正面前，无措地问道："李警官，发生什么了？为什么把曹生放了？"

看到许秋雨，李正面色微霁："顾新月做的笔录与你跟我说的截然不同。"他顿了顿，"我们暂时没有找到有力的证据，加上二十四小时已经到了，只能把他们都放了。"

天昏地暗，暴雨如注，许秋雨几乎被雨淋得睁不开眼："顾新月的小区有监控吗？她在家门口亲口和我说的，宋执是他们杀的！"

李正打开伞，替许秋雨遮去雨水："没有，我们查过了。"

许秋雨追问道："那丝巾呢？上面的DNA不是曹生和彭有成的吗？"

李正摇了摇头："顾新月说自己和曹生、彭有成都是你情我愿，只是当时污蔑了宋执。"许秋雨激动道："只是污蔑吗？宋执都因为这些事情被害死了！"

看着眼前崩溃的少年，李正也觉得无比难过，他安抚道："曹生和彭有成的性侵案我们暂时无法定性，但我还会接着调查曹生和梁缘等人6月17日至6月18日的行踪，如果能查到他们确实抵达命案现场附近，我就会上报，重新提审他们。"

忽地，许秋雨的余光中出现了一个熟悉的身影。

顾新月从警局中走出，她在看到许秋雨后便立刻往外跑去。

许秋雨几个箭步追上了她，一把拉住她的手腕，大吼道："为什么要撒谎？"

顾新月红了眼眶，将右手抬起比成刀状，在喉咙前划了一下："审讯前，曹生看到了我，对我做了这个动作。"她接着道，"对不起，我妈妈也连夜回了海镇，我不能让她有事。"

"对不起？"许秋雨怒吼道，"你怎么说得出口？"

许秋雨拉着顾新月就往李正面前走："李警官，顾新月说她受到了曹生的威胁才撒了谎！"

李正将伞举过许秋雨和顾新月的头："顾新月，你是受到了威胁吗？"

顾新月摇了摇头，什么话都不说。

许秋雨一把攥住顾新月的衣领，咬牙怒吼道："你说啊！说实话啊！为什么一而再再而三地撒谎？"

顾新月被许秋雨吓到，她的神情惶恐，湿透的发丝紧紧贴附在额头上。铺天盖地的雨声掩住了她的悲泣。

伞落在地上，李正拉开许秋雨，大声呵斥："你干什么？你要当着警察的面打人吗？"

许秋雨奋力地挣扎起来，他不断踢踹着，对着顾新月咬牙道："你会因为懦弱付出代价！"

顾新月愧疚地看了许秋雨一眼，转身便跑出警局的大院外，消失在路口处。

此时，宋安走到李正面前，他看到了许秋雨崩溃的全过程。

扑通一声，宋安跪倒在李正面前，乞求道："李警官，你告诉我，我的儿子到底是自杀还是他杀？”

李正松开了许秋雨，他对宋安道：“叔叔，目前这件事还没有定性……”

宋安哭红了眼，他高声道：“没有定性为什么把杀人凶手都放走了？为什么？”

李正沉沉地叹了口气，没有回答。

天地已被雨幕连接为一体，暴雨混杂着泪水与哭声，许秋雨身体的轮廓在雨中愈发清瘦。这雨染着悲戚与灰暗，将整个世界拖入一片迷蒙混沌。

沉闷的雷声突然炸响，闪电在黑云之上燃烧，瞬间点亮了天空。

“我的儿子，我可怜的儿子啊！”宋安哭喊着质问道，“他受了这么多的苦，最后还被人残忍杀害，你们警察到底在做什么啊？”

他抓着李正的衣袖，高喊道：“你把宋执还有秋华还给我！还给我啊！”

李正捡起地上的伞，替宋安挡雨：“叔叔，您先冷静一点，回家等我们的消息，如果宋执真的是他杀，我们一定会将凶手绳之以法！”

这时，一个身影走出了警局，他穿着白色的长褂，戴着一副眼镜，冷漠地扫向许秋雨，待他看清宋安的面容后，眼中闪过一丝慌乱。

许秋雨认出来，他是海镇万爱医学院的法医楚清明，曾因学术成绩上过报纸。

他冲向楚清明，拽住他的袖口："你就是给宋执做尸检的法医吗？"

楚清明抿了抿唇，几秒后才道："是的。"

许秋雨质问道："为什么没查出宋执身上的凌迟伤痕？"

楚清明扶了扶眼镜，眼神躲闪："宋执的身体大部分都被野狗啃食了，找不到人为的伤口。而且从他的气管、支气管以及肺部都可以看出，他确实是因为哮喘猝死。"

几个小时前，因为宋执的案子被重提，楚清明再次仔细地查看了尸检报告和现场照片，发现自己忽略了一个细节，宋执手臂的伤口处有一道很微小的锐利伤，和野狗啃食的伤口混合在一起，他当初给宋执做尸检时，刚吃过感冒药，有点发困没有看清楚，误认为那是啃食伤。但现在他害怕自己被处罚，便隐瞒了这件事。

楚清明无法面对许秋雨和宋安，他扯回衣袖，打开伞，匆匆上了警车出现场去了。

第二十二章　懦弱的代价

赎罪最好的方式，就是将罪恶揭示于人前。

宋安仍跪在李正面前，他拽着李正的裤脚，满脸泪痕：“我求求你，求求你抓住凶手！”

李正蹲下身，将宋安拉起：“叔叔，有什么话您起来再说。”

宋安颤抖着站起身来，突然的起身让他双眼一黑，晕倒在地。

“叔叔！”许秋雨迅速冲向宋安。

李正连忙拨打急救电话。

中心医院离警局很近，不到五分钟，救护车就抵达警局门口。

李正和许秋雨将宋安送上了救护车。

李正扶着车门，对许秋雨道：“你陪在宋叔叔身边，宋执的案子，我会查到底，不会放过任何一个坏人。”

许秋雨点了点头，此时他已经冷静了下来：“谢谢您，李警官。”

门被关上，救护车呼啸而过，驶向医院。

抵达医院后，医生给宋安做了检查，给他挂上了输液水。

嘈杂的环境渐渐安静下来，许秋雨坐在床边的小板凳上，将双手手肘搁在床上，用手掌托着额头，陷入痛苦的旋涡之中。

他感觉自己仿佛被深雪掩埋，不管如何挣扎，都只能被冰冷的绝望覆盖。

手机忽然振动一声。许秋雨点开屏幕，发现微博热搜再次更新。

看着热搜词条，许秋雨感觉脑海突然清明了，似乎有阳光洒落，融化了雪花，照耀在他的身上。

此时，宋安的呼吸忽然加重，似有醒来的征兆。

宋安张了张干裂的嘴唇，费力地睁开双眼，在逐渐清晰的画面中，他看到了许秋雨疲惫的面容。

一时间，他的内心翻涌起了强烈的愧疚和感激。

在看到宋执的日记以及许秋雨的信后，宋安的态度就发生了转变，他以前不理解宋执和许秋雨之间的友谊，可是看到许秋雨一个人为了宋执的死亡真相而奔波，甚至从未埋怨过自己，他就逐渐释然了。他想，除了他们之间的深厚友谊外，再没有别的力量可以驱使许秋雨不顾一切地为了宋执的事情而奔忙。

此时，未等宋安说话，许秋雨便道："叔叔，您先别骂我，我想到了一个可以将凶手绳之以法的方法。"

宋安嗓音嘶哑道："什么方法？"

许秋雨道："我们把宋执的日记还有我的调查过程曝光吧。"

宋安一愣："曝光？"

许秋雨点了点头："如果我们把调查过程以及日记都曝光到网上，或许可以借用网络舆论让警方重视这起案件，重新调查它！”

宋安的双眸微动。

如果曝光这件事，自己可能也会遭到网暴。可是宋执和秋华都死了，被人辱骂又有什么关系呢？

如果能用他自己的命换回儿子的清白，他愿意。

宋安点了点头：“好，等会儿你和我回家拿日记。”

宋安输完液后，许秋雨就搀着他回到家中，取走了日记本。

他将日记中的重要内容拍下，用手机编辑好了文章，再将这些东西全部发给了几个微博大V。这次微博大V看了内容后，并没有要费用，他们觉得这是正义的事情。

当晚八点，多名微博大V同时发文，宋执的新闻便如风暴一样，瞬间席卷了整个互联网。

次日凌晨一点，“宋执是他杀而非自杀”的词条登上微博热搜榜第一，“再次反转，宋执遭受长达两年的霸凌”的词条登上微博热搜榜第二，引发网友热议。

——如果这些事情是真的，那就太可怕了。

——杀了人竟然还能脸不红心不跳地离开警局？不可能吧？

——建议直接判死刑！

——之前就虐待金鱼，心理变态，天生坏种。

——曹生是反社会人格吧！

……

第四日，有关宋执的词条高居不下，许多网友向政府请愿重查宋执死亡案件，甚至有人录下了视频，为宋执发声——

一个穿着三中校服的少女道：“我经常看到宋执被曹生他们霸凌，这些博主发的博文是真实的，我可以作证！”

穿着明艳动人的网红在镜头前质问道：“现在的教育是怎么了？就连老师都这么可怕。地狱空荡荡，恶魔在人间！”

教育学家站出来反驳道：“曹生的各种表现更像是天生的反社会人格，希望批评教育界的博主们可以明白拥有反社会基因的人有多么可怕，他们的大脑是有缺陷的，和我们的教育没有根本上的联系。而且林向善的事件只是一个个例，不能代表整个教育界！”

第五日，海镇有关政府部门发出声明，表示会重新调查宋执死亡案。

第七日，上级部门派来新的法医检查楚清明的报告，发现他忽视了宋执手臂上的混合伤痕。楚清明被刑拘，即将接受调查。

第十日，经过多名警察的连夜调查，最后确认曹生、梁缘、莫霆以及顾新月曾在6月17日晚十点半左右坐车抵达海镇的郊外，距离仓库非常近。

就在警方前往拘捕曹生、梁缘和莫霆时，却发现他们早已离开住所，行踪不明，只剩下生活在云上镇的顾新月还有迹可循。警方找到顾新月并将她重新带回海镇公安局进行审讯。

警局审讯室里。

顾新月坐在空调底下，双手手腕被铐在椅子扶手的两端。这些天，她看着不断发酵的网络舆论，心中十分恐慌。她知道警察迟早会找上她，跑也没有用，便反复纠结是否要说出实情，但一想到曹生，她就感觉暗处仿佛有只怪兽在窥伺，随时会将她吞噬，这令她什么都不敢说。

此时，强劲的空调风吹在身上，她感觉非常寒冷。她不明白警察为什么要把她一个人关在审讯室里。她只觉得内心的不安越来越强烈，自己就像站在风暴眼中，虽然平静，但狂风将周围的一切抛举在空中，呼啸，摇撼，令她毛骨悚然。

等了一个小时，李正和另一名警员楚明才进入审讯室。他们一言不发地坐到桌前，审视着顾新月。

顾新月只觉得浑身冰冷。她面色苍白，嘴唇褪去了血色，不住地颤抖着。

楚明翻开笔记本："姓名。"

顾新月的声音嘶哑："顾新月。"

"年龄。"

"十八岁。"

楚明的声音带着极强的压迫感："知道为什么传唤你来警局吗？"

顾新月摇头："不知道。"

楚明抬高了声音："因为你涉嫌杀害宋执！"

顾新月浑身一震，手指甲瞬间嵌入肉中。她努力让自己看上去镇定一些："我没有杀害宋执。"

楚明调出顾新月6月17日以及18日所有的动向："我们已经

查到，6月17日下午两点你曾打电话给宋执；晚上十点半，你坐车抵达海镇郊外的仓库；次日凌晨一点，你和莫霆从仓库附近打车离开，回到家中。”他高声道，“你给宋执打电话说了什么？你去废弃仓库干什么去了？是不是你杀害了宋执，或者说你是杀害宋执的帮凶？”

顾新月疯狂摇头，答非所问：“没有！我没有！”

她颤抖着身子，感觉自己在警察面前竟是如此的渺小，就像天空下的一粒尘埃。

“不说？”楚明高声道。

顾新月惊恐地摇头，撒谎道：“我只是去郊外放烟花，根本没有遇到宋执！”

一直未说话的李正拿出了四张照片，走到顾新月面前，塞到她的手中：“看到这些照片你没有丝毫心痛吗？”

照片上，宋执的身体已经腐烂，身上大部分地方都被野狗啃食得不成样子，面容也模糊不清，甚至难以辨认出原本的模样。

血腥的画面令顾新月尖叫出声，手中的照片尽数掉落在地。

楚明高声道：“现在看不下去了？你杀人的时候怎么没想想这有多么残忍？”

顾新月吼道：“我说了我没有杀人！我没有！”

眼泪夺眶而出，顾新月的双手紧紧地握成拳头，死死地盯着地面的一角，咬牙不说话。

李正意识到顾新月已经处在崩溃的边缘，他放柔了声音：“你既然说自己没有杀人，那就说出你知道的真相。”

顾新月的脑海中浮现出曹生对自己的威胁，又想到多年来一直辛苦工作并照顾自己的母亲。她想，只要咬死不承认就好了，警方没有证据，无法判处她。

顾新月抬高了声音，重复之前的话："我什么都不知道，我只是去那里放烟花，仅此而已！"

李正一愣，似是没有想到顾新月会有这样的定力。他沉默半晌："你看到你喜欢的人被凌迟，就没有丝毫心痛吗？"

顾新月红着眼，紧紧地咬住后槽牙，没有说话。

"为什么要替凶手隐瞒呢？"李正一针见血地，"你是害怕你和你妈妈遭到报复吗？"

顾新月一愣，望向李正。

见到顾新月的反应，李正缓声道："我们已经把你妈妈带到警局了，她现在很安全。只要你说出真相，我们一定会保护好你们，绝对不会让你们受到伤害。"

李正站起身，打开审讯室的门，将刘雪带入房内。

顾新月看到刘雪，心里立刻就慌了："妈……"

刘雪的眼眶红了，她看着顾新月，鼓励道："新月，知道什么就说出来，妈妈在。"

李正看着顾新月："如果你替罪犯隐瞒，你会永远活在后悔与愧疚之中，这辈子都不得安宁。"

顾新月忍住酸楚，可眼泪却依旧顺着脸颊滑落。

李正继续道："我看到你在给宋执的纸条里写过你想做老师，如果将来你的学生或者你的孩子遭遇和宋执一样的事情，你又该怎么做？你要袖手旁观，看着你自己的孩子被欺凌伤害吗？"

听到这儿，顾新月想到宋执被虐杀的场景，突然尖叫出声：“别说了，别说了！”

李正没有理会顾新月的崩溃，而是继续道：“说出真相，杀害宋执的人一定会得到应有的惩罚，我们会帮你的母亲重新搬家，并找当地的警察保护她。服刑结束后，你的生活仍然可以重新开始！但如果你选择撒谎，那你的余生都不会好过！”

顾新月的脑中闪过宋执的笑容，又闪过许秋雨带着恨意的双眼，耳中环绕着许秋雨对自己说的最后一句话——你会因为懦弱而付出代价！

顾新月下意识地望向刘雪。

刘雪的泪水也随之滑落，她朝顾新月点了点头。

泪水决堤般落下，顾新月受不了内心的煎熬，最终勇敢地说出了事实。

当她说出口的瞬间，暗处那只一直窥伺着她的怪兽好像消失了，她感觉到了一种久违的轻松。

第二十三章　我会永远保护你

每当你读到这里，我都为你重新活了一次。

天边的彤云已经落下帷幕，黑沉的夜挂上天空，月亮散发出如白霜般惨淡的光亮。

几天未曾合眼的许秋雨实在扛不住，趴在桌上睡着了。等他惊醒时已经是晚上十点半，周围陷入了一片黑暗之中。

胃部传来阵阵绞痛，提醒他应该吃饭了。

他起身想要开灯，却发现整个屋子的灯好像都坏了，怎么都亮不起来。

许秋雨打开手机，看到业主群里发来的消息，才发现自己所在的小区以及附近的一整条街都停电了。

楚媛今天一天都忙于咖啡厅的工作，没有回家。许秋雨离开家，准备找一家餐厅吃点东西。

停电的街道很安静，只有不断响起的蝉鸣。

走在黑漆漆的小路上，许秋雨心里涌起一丝不安。

他看见远处的小巷中灯火通明，巷口有一家大排档，门口坐满了人。许秋雨加快脚步，往不远处的亮光走去，耳边的嘈杂声随之越来越大。

就在他要踏出黑暗之时，一阵细微的脚步声从背后传来，他下意识地转过头，忽地，一记闷棍打在了他的脑袋上。

头部传来剧痛，一阵晕眩感涌上额头，眼前的世界开始旋转起来，他的双腿一软，下一秒就倒在了地上。

眼前一片黑暗，恍惚中许秋雨感觉自己坠入了无人的深谷里，周围大雾茫茫，他什么都看不清楚。

前路没有尽头，后路又是重重迷雾。慌张、恐惧、担忧一股脑儿冲上头顶，他突然不知道该往哪儿走。

身上的力气渐渐消散，他发觉自己在不断缩小，再次变成了八岁时那个矮墩墩的小胖子。无助感爬上心头，他缓缓蹲下，抱着膝盖坐到了地上。

“吧嗒。”

忽地，一阵轻微的脚步声传来，许秋雨被声音吸引，抬起头，看到迷雾中，一个八岁的男童正提着灯朝自己走来。

他一眼就认出，那是宋执。

许秋雨迷茫地看着宋执：“宋执，我迷路了，不知道该往哪儿走了。”

宋执将手递到许秋雨的面前，柔声道：“我带你出去。”

许秋雨毫不犹豫地伸出手，握住宋执温凉的手。

一股力量从手心处传来，许秋雨站起身，和宋执一起往前走去。

周围的雾气渐渐散开，松软的土地被水面替代，金色的光柱一束束照射下来，将整个空间映照得金灿灿的。许秋雨望见一片如镜般的浅水，涟漪从脚底向四周荡漾开来。

一扇散发着金色光晕的门伫立在面前。

宋执替他打开面前的门，霎时间一道光亮便从里面照射进来。

宋执轻声道："许秋雨，去吧。"

许秋雨慌张道："你不和我一起走吗？"

宋执点了点头："我不能和你一起走了。"

眼泪如儿时那样滚落，许秋雨的肩膀控制不住地颤抖起来："宋执……"

宋执笑了笑，眼泪从眼角滑落："还记得我在防空洞里对你说的话吗？"他接着道，"就算我死了，也会变成灵魂守在你的身边，一直保护你。你什么都不用怕，只管往前走就好了，我永远在你身后。"

许秋雨点点头，抹掉脸上的泪水。

"去吧。"

许秋雨轻轻松开宋执的手，往光亮中走去。

瞬间，许秋雨从昏迷中醒来，看见了梁缘冷漠的双眸。

梁缘道："他醒了。"

坐在一旁的曹生和莫霆朝许秋雨走来。

许秋雨挣扎着想要站起身，却发现自己的双手和双腿都被绳索捆住，无法动弹。口袋里的手机也不见了。

曹生使了个眼色，莫霆就将许秋雨按在地上。

曹生拿出一把刀，看着许秋雨："你都知道宋执是怎么死的了，竟然还敢曝光我？"

许秋雨红着眼，死死地盯着曹生。

曹生将刀贴到许秋雨的脸上，“你知道这里是哪儿吗？”

冰冷的刀锋在许秋雨的脸上游走：“宋执经常在这里向我们跪下，乞求我们的原谅。”

疼痛从皮肤上传来，许秋雨意识到这里是离宋执家不远处的废弃仓库，是曹生经常欺凌宋执的地方，也是他无数次希望天花板可以砸下来，结束掉一切痛苦的地方。

许秋雨怒吼出声：“你这个人渣！”

曹生笑了笑：“人渣？还是第一次有人这么说我。”他看着许秋雨，继续道，“你知道吗？宋执死前一直在惨叫。”

曹生接着道：“宋执说就算他死了，也一定会有人替他讨回公道。我真没想到，那个人竟然是你。”

许秋雨咬牙道：“你该死！”

“我该死？”曹生笑出了声音，“可是现在要死的人是你了呢。”

他的面容突然变得狰狞：“你既然那么执着于找到真相，我们就让你体验一下发生在宋执身上的痛苦吧！”他指向许秋雨的手臂，“第一刀就选在这里吧，跟宋执的一样呢？”

恐惧和愤怒涌上心房，许秋雨咬紧牙关：“曹生，你会遭到报应的！”

曹生点了点头：“放心，在那之前我一定会拉你下地狱的。”

曹生猛然落刀。

忽地，空中传来一声巨响，天花板突然坍塌，迅速朝曹生砸来。

许秋雨连忙向一旁滚去，天花板砸在了曹生和莫霆头上，曹生手中的刀应声落下。

许秋雨抓起地上的刀，迅速割开手上和脚上的绳索。

他奋力朝仓库外跑去，却听到背后传来曹生的吼声：“别让他跑了！”

梁缘试图追上他，但他怎么跑得过曾在田径队待过的许秋雨。

许秋雨的脑中只有一个想法：跑，再跑快些！

他顺着记忆中的路线，跑到宋执家中。他奋力敲响房门，可宋安像是睡着了一般，没有丝毫动静。

黑暗的楼道里响起了脚步声，惨淡的月光将三个人的影子投射在墙上，如鬼魅一般令人恐惧。

梁缘和曹生他们已经追了上来！

许秋雨的手中仍然拿着曹生的刀，他想，如果没有办法，那就只能奋力一搏了。

就在这时，宋执家的家门打开了，宋安看到许秋雨，疑惑地皱了皱眉：“许秋雨？”

许秋雨奔入房中，将房门锁上，再跑到宋执的房间，把窗户锁上，他仍处于惊惶之中：“叔叔，快报警，曹生和梁缘他们要杀了我！”

宋安一惊，连忙打通报警电话。

门外，莫霆有些慌了，他问道：“曹生，我们现在怎么办？”

曹生咬牙切齿道：“去郊外仓库！”

警方立刻出警，却发现曹生等人已经逃跑。通过监控，警方发现他们逃跑的方向，便立即开着车往高速方向冲去。

警方迅速封锁高速，就在曹生他们撞向封路器时，警方将他们团团围住，最终成功抓获。

警局。

莫霆不敌警方的压力，很快就指认曹生就是杀害宋执的凶手。但不管怎么审讯曹生和梁缘，他们依旧咬死不松口。

审讯室中。

曹生的头已经被法医包扎好，他坐在审讯椅上，双手被铐在两旁的扶手上。经过长达一小时的审讯，他的脑袋一阵阵地发晕，令他恶心不已。

他已经想好了，现在只有人证，没有物证，无法定他的罪。就算顾新月说出了真相，也顶多只能判他性侵的罪名，无法判定他的杀人罪，坐几年牢很快就能被放出来。

李正坐在审讯桌前，看着眼前的少年。

楚明站在曹生面前，将双手撑在椅子扶手的两端，带着强烈的压迫感怒声道："曹生，你故意杀害宋执、性侵顾新月、绑架许秋雨并故意伤害他，对这些行为你还有什么可说的？"

曹生完全没有任何恐慌，反而笑了笑："你们有证据吗？除了那条丝巾？"他轻松道，"你们最多指控我性侵和绑架，还能指控我什么？说我想杀许秋雨未遂？有证据吗？"

楚明一愣，似是没有想到眼前的少年会如此镇定。

楚明依旧面对着许秋雨，与他保持着非常近的距离："我们已经查到，6月17日那天晚上你坐车前往仓库附近，车牌号是海D01326，那辆车的行车记录仪已经记录下了你抵达仓库的全过程！”

曹生抿了抿唇，无赖道：“警官，我只是去郊外玩，压根没进过那个仓库，更没遇到过宋执。”他接着道，“如果你们有证据，就直接送我上法庭好了，问这么多干什么呢？”

楚明气得一掌拍向椅子扶手：“你！”

李正打量着眼前的少年，他的头上贴着纱布，面色苍白，嘴唇因为长时间的审讯而干裂，他穿着一身黑衣黑裤，手臂上的女士红绳如血般刺眼。

李正忽然开口问道：“手链是谁送你的？”

曹生一愣，似是没明白李正的问题。

李正分析道：“手链是女款的，应该是非常亲近的女性送你的。按你的秉性，应该不会有女朋友，就算有，她如果送你手链，你也多半不会戴上。”他猜测道，“这条红绳是你母亲的遗物吗？”

曹生微微张口，望向李正，突然愤怒道：“这跟你有什么关系？”

李正忽然站起身来，朝曹生走来：“你应该很爱你妈妈吧？这么多年你应该很想她，所以一直把这条手链随身佩戴。”

曹生似是意识到什么，他突然感到了恐惧，他看着不断逼近的李正：“你想干什么？离我远点！离我远点！”

李正站定在曹生面前，按住他的手臂：“我想，你应该从来没取下过它吧？哪怕是凌迟宋执的时候。”

曹生一怔，突然，他张开嘴猛地咬向手链，将其撕扯下来，就要吞入腹中。

李正反应神速，他一手卡住曹生的喉咙，一手掐住他的下颌，对一旁的楚明道："把他嘴里的手链送去检验科检验一下，这个红绳编制得很繁复，应该会有水冲洗不到的地方，或许能找到宋执的DNA。"

李正平淡冷漠的语气，让曹生打了一个寒颤。

他察觉到，李正可能早已想到了他的反应。

李正和楚明没有再理会曹生，而是先后走出审讯室，将他一个人留在里面。

几个小时的等待令曹生愈发难熬，他第一次感到如此慌张，一切仿佛都在脱离他的掌控，他的世界将要沉入日光、月光也无法抵达的黑暗中。

他闭上眼睛，祈求在天上的母亲可以保佑手链上什么都查不出来，祈求父亲能动用关系保住自己。

他不知道等了多久，李正和楚明回到了审讯室。

他们走到曹生面前，将检验报告递到他的眼前："我们将你的手链拆开了，从一个绳结的内壁发现了宋执残留的血迹。"李正厉喝道："你还有什么可狡辩的吗？"

曹生似是失了力般，靠向椅背。

他脸色灰败，承认道："我是凌迟了宋执，但宋执不是我杀的。"他接着道，"是梁缘，是他掐死了宋执。"

第二十四章　一个都不会放过

所有的加害者，一个都不会放过。

曹生回忆起那晚发生的事。

6月18日凌晨一点，曹生陷入极大的快感之中，他的关注点全部都在宋执的血肉之上，他不断落刀，似乎忘记了周遭的一切，直到一旁默默看着的梁缘开口，他才意识到宋执已经没有了呼吸。

他们商量引来野狗，啃食宋执的尸体，并命令莫霆将昏迷的顾新月送回家。

等莫霆扛着顾新月走后，他们也离开了仓库，准备去附近的村子引来野狗。

可走到一半，梁缘却突然叫住曹生："曹生，我想回去和宋执告个别。"

曹生皱了皱眉，不解道："告什么别？"

梁缘解释道："你知道的，我以前把他当作唯一的希望。我想一个人和他说说话，当作最后的告别。"

曹生不耐烦地挥了挥手："滚！我把野狗引来前，

你把该说的话快点说完！”

梁缘点了点头，转身往仓库走去。

周围立刻安静下来，黑漆漆的夜空仿佛不断向下压着，让人喘不过气来。

曹生突然想到：如果梁缘想告别，为什么在宋执死前一句话都不说？为什么非要等到快和我走到村子了才提出要回去做告别？

曹生觉得不太对劲，他放低脚步声，转头原路返回。

他躲在黑暗里，看到梁缘站在宋执面前，解开了腰带。曹生瞬间就明白梁缘想要干什么了。

可就在这时，宋执却突然惊醒，他看着梁缘，气若游丝道：“你要干什么？”

梁缘一愣，似是没有想到宋执还会醒过来，他蹲下身子，欺骗道：“宋执，我给你一个机会，只要以后你只把友情分给我一个人，我就让你活，怎么样？”

曹生正要冲上去，却听到宋执用尽全力吼道：“滚！你这个恶心的变态！”

“恶心？”梁缘一怔，“你说我恶心？”

一股恨意冲上头顶，梁缘愤怒地跨坐到宋执身上，他狠狠掐住宋执的脖子：“我将你当作我心中的太阳，你居然说我恶心！”他怒吼道，“你怎么对得起我！”

没过多久，在梁缘粗重的喘息声中，宋执不再挣扎，倒在地上失去了声息。

梁缘这才冷静下来，他从宋执身上起来，向后退了几步，不可置信地看着自己的双手。

他这才意识到自己杀死了宋执！短暂惊慌后，梁缘随即冷静地将宋执身上的绳索解开。他想曹生应该已经引来了野狗，便擦了擦汗，走出仓库，却看到在仓库门口徘徊的曹生。

梁缘一惊："曹生，你怎么回来了？"

曹生撒谎道："村里的野狗太多，我一个人引不完，所以回来叫你一起去。"

梁缘试探道："你刚回来吗？"

曹生点了点头，坦然道："对，我刚回来。"

梁缘松了口气："行，我跟你一起去找野狗。"他继续道，"我刚刚已经把宋执身上的绳子解开了。"

"好。"

黑暗中，梁缘和曹生各怀鬼胎地往村子走去。

山野间一片死寂，仿佛连它们都在惧怕着人心。

警局审讯室内。

曹生回忆道："所以，宋执不是我杀的，是梁缘掐死的。"

李正问道："你有证据吗？"

曹生叹了口气："我全都用手机录下来了，但我把它传到了电脑上，把手机里的视频销毁了。你们去我家拿我的电脑，就能在文件里看到，我给它标了名称'6.18'。"

李正和楚明立刻出动，前往曹生家中，找到了电脑。

在文件夹里，他们果然发现了标有“6.18”名称的视频。长达五分钟的视频里清晰地展现了梁缘作案的全过程，月光透过仓库的窗户照在梁缘狰狞的面容和宋执痛苦的双眸之上。

在一个阳光明媚的日子，宋执被杀一案于海镇法院进行审理。

基于尸检报告里的照片，法官发现宋执的舌骨并未断裂，气管也没有塌陷，也就是说宋执并没有被梁缘掐死，他确实是死于哮喘发作。

最终，曹生数罪并罚，被判处十二年有期徒刑，梁缘被判处十年有期徒刑，顾新月被判处四年有期徒刑，莫霆被判处五年有期徒刑。

法庭上，宋安近乎崩溃，他冲向曹生和梁缘，高喊道：“我要杀了你们！”

法警立刻上前将宋安拦住，把他带离法庭现场。

一切到此仿佛都尘埃落定了，只有许秋雨总觉得哪里不对劲，他反复回想着案件的经过，发现自己忘记了一件最为关键的事情。

许秋雨再次前往警局，找到李正：“李警官。”

李正疑惑地看着许秋雨：“许秋雨，今天不是宋执案子开庭的日子吗？你怎么来警局了？”

许秋雨点了点头：“庭审已经结束了，我来是想问问，您在宋执死亡现场找到的遗物有哪些？”

"遗物？"李正回忆了一下，"我记得有一张遗书、一个背包、一部老式华为手机、两包餐巾纸……"

听完李正的话，许秋雨皱了皱眉："没有找到治疗哮喘的药物吗？比如布地奈德气雾剂。"

李正想了想："没有。"

许秋雨推测道："那不可能呀，宋执常年随身携带哮喘药物，如果他没有被掐死，那他就有自救的可能。但宋执的遗物里并没有药物，说明气雾剂被人拿走了，有人直接造成了宋执的死亡！"

听了许秋雨的话，李正立刻将这件事情上报，并和楚明组织人手，在曹生和梁缘等人入狱前将他们再次带到警局进行审讯。但不管怎么审问，他们都不承认自己拿了宋执的药物。

警方开始以宋执死亡的仓库为核心，对周边进行地毯式搜索，最终在一个垃圾堆里发现了那瓶药，在上面，他们检测到了彭有成的指纹。

当彭有成从看守所被带到审讯室时，他就知道，一切最终还是被发现了。

他对自己的罪行供认不讳——

2019年6月14日。

彭有成在街上看到了顾新月和宋执进了咖啡厅，便戴上兜帽，跟进了咖啡厅，坐到了他们邻座的位置上，从而听到了顾新月和宋执的对话。

随后，他立刻就将这件事情告诉了曹生。

他颤抖着问道：“曹生，我们怎么办？如果顾新月和宋执把事情的真相告诉警察，我们就都完了！”

曹生一把将他推开：“滚！”

彭有成跟上曹生：“曹生，你不能丢下我啊！”

“啪！”曹生一掌打在彭有成脸上。

他高声道：“我说了让你滚，你没听到吗？我有办法让他们都闭嘴！你他妈不要跟着我！”

话罢，彭有成不敢再跟上去，便站在原地，看着曹生消失在视线之外。

彭有成回家后怎么也放不下心，忧虑就像虫蛇一样不断啃食着他的心脏，让他坐立难安。他决定跟踪曹生，看看他到底要怎样处理这件事。

2019年6月17日晚上，他跟着曹生抵达仓库，于是在隔壁的另一间废弃仓库中待到了18日凌晨，透过破损的缝隙看见了整件事情的全貌。

当梁缘掐上宋执的脖子后，宋执假装死亡，骗过了梁缘。

等梁缘和曹生离开仓库后，彭有成发现宋执猛然睁开眼睛，看着天花板，开始大口喘气。

他翻过身，费力地爬向远处的包，似是想要拿什么东西。

当他不断靠近背包时，彭有成却开始感到害怕。

如果宋执活着，性侵顾新月的真相就会曝光，和他一起长大的赵欣欣一定会抛弃他，彭建国也绝对不会放过他。而且如果坐牢，他的未来就全毁了！他不可能再复读，也不可能再拿到大学的录取通知书！

宋执必须死！

彭有成打定主意，冲入宋执所在的仓库里。

宋执看到他，露出乞求的眼神："彭有成，救我，我哮喘发作了，药在包里。"

彭有成走到黑包前，拿出里面的药，他看着宋执："宋执，对不起，我不能让你活着，如果你活着，我的一切就都完了。"

他抢走了宋执的药，静静看着宋执的生命在挣扎中消逝。

等宋执死后，他又将宋执拖拽到刚刚梁缘掐他脖子时的位置，然后逃出仓库，将药扔到了垃圾堆中。

等他再返回时，野狗已经在啃食宋执的尸体，曹生和梁缘也不见踪影。

在那个有风的日子，宋执被杀一案再次开庭。

彭有成被判处无期徒刑，其余罪犯依旧按一审判决执行。

许秋雨回到国内，复读一年，参加国内高考，考上了宋执一直梦寐以求的中国政法大学，他会完成宋执的愿望——成为一名优秀的律师。

番外

我相信，在另一个平行时空，
我们肯定会成为我们各自想成为的人。

宋执：

我亲爱的兄弟。

一切结束后，我放弃了去国外留学，选择留在国内复读。复读的日子很辛苦，每当我想放弃时，我就会想到你，然后又再次充满无穷的力量，去面对那些令我头大的题目。

所幸我的努力有了结果，高考考得还不错，虽然比你的分数低，但仍然压线进入了你梦寐以求的那所政法大学，学习怎样成为一名合格的律师。

大学的生活很美好，我交了不少朋友，他们性格各异，但对我都很友好。

校园也很漂亮，有很多精美的雕塑、漂亮的花、高大的绿树和蜿蜒的小道。校园很大，我总是要一个人走很久很久。

我总是在想，如果你还在，我的生活会是什么样子。我们或许会在宿舍里和其他室友一起玩新上架的游戏；会一起去国外旅行，我会给你介绍我在美国时的生活，我们一起走走我走过的路，吃吃我吃过的美食……

但这一切似乎只能在有你的梦里完成了。

国庆期间我回到了海镇，路过了你叔叔开的那家水族店。我忽然想起小时候和你在里面捉迷藏，你总是躲得很好，而我却因为太胖总是被你发现。我们站在巨大的鱼缸两边，你发现我时就会露出一个温柔又灿烂的笑容，而我也会傻傻地看着你发出笑声。

我从你叔叔手中买下了几条你最喜欢的海鱼，将它们放生在海水之中。

夕阳下的海面被染上橘红的光晕，眼前突然出现我们少年时的虚影，我们似乎还坐在沙滩上，看着绯红的霞光照亮整个海面。

我耳边响起你少年时曾问过我的问题——

“许秋雨，如果不做人，你想做什么呢？”你的声音纯粹而干净，“我想做一只大雁，飞过眼前的大海去往更远的地方。”

那时我看着渐渐黑下来的天空，轻声道：“那我就做风吧，与你并肩飞越海洋。”

宋执，我很想你。若有来世，便如我们约定的那样吧，你做大雁，我做风。

你永远的朋友许秋雨

2020年10月8日